TANGO CHINETOQUE

DU MÊME AUTEUR

A compter de 2003, les San-Antonio seront numérotés par ordre chronologique d'écriture de Frédéric Dard, qui est aussi l'ordre originel des parutions.
Cette décision entraîne un changement de numérotation des S-A des nº 1 à 107. Par contre, la numérotation des S-A nº 108 à 175 reste inchangée. (Voir à la fin de ce volume le tableau de correspondance entre l'ancienne numérotation et celle indiquée ci-dessous.)

1 *Réglez-lui son compte !*
2 *Laissez tomber la fille*
3 *Les souris ont la peau tendre*
4 *Mes hommages à la donzelle*
5 *Du plomb dans les tripes*
6 *Des dragées sans baptême*
7 *Des clientes pour la morgue*
8 *Descendez-le à la prochaine*
9 *Passez-moi la Joconde*
10 *Sérénade pour une souris défunte*
11 *Rue des Macchabées*
12 *Bas les pattes !*
13 *Deuil express*
14 *J'ai bien l'honneur de vous buter*
15 *C'est mort et ça ne sait pas !*
16 *Messieurs les hommes*
17 *Du mouron à se faire*
18 *Le fil à couper le beurre*
19 *Fais gaffe à tes os*
20 *A tue... et à toi*
21 *Ça tourne au vinaigre*
22 *Les doigts dans le nez*
23 *Au suivant de ces messieurs*
24 *Des gueules d'enterrement*
25 *Les anges se font plumer*
26 *La tombola des voyous*
27 *J'ai peur des mouches*
28 *Le secret de polichinelle*
29 *Du poulet au menu*
30 *Tu vas trinquer, San-Antonio*
31 *En long, en large et en travers*
32 *La vérité en salade*
33 *Prenez-en de la graine*
34 *On t'enverra du monde*
35 *San-Antonio met le paquet*
36 *Entre la vie et la morgue*
37 *Tout le plaisir est pour moi*
38 *Du sirop pour les guêpes*
39 *Du brut pour les brutes*
40 *J'suis comme ça*
41 *San-Antonio renvoie la balle*
42 *Berceuse pour Bérurier*
43 *Ne mangez pas la consigne*
44 *La fin des haricots*
45 *Y a bon, San-Antonio*
46 *De « A » jusqu'à « Z »*
47 *San-Antonio chez les Mac*
48 *Fleur de nave vinaigrette*
49 *Ménage tes méninges*
50 *Le loup habillé en grand-mère*
51 *San-Antonio chez les « gones »*
52 *San-Antonio polka*
53 *En peignant la girafe*
54 *Le coup du père François*
55 *Le gala des emplumés*
56 *Votez Bérurier*
57 *Bérurier au sérail*
58 *La rate au court-bouillon*
59 *Vas-y Béru !*
60 *Tango chinetoque*
61 *Salut, mon pope !*
62 *Mange et tais-toi*
63 *Faut être logique*
64 *Y a de l'action !*
65 *Béru contre San-Antonio*
66 *L'archipel des Malotrus*
67 *Zéro pour la question*
68 *Bravo, docteur Béru*
69 *Viva Bertaga*
70 *Un éléphant, ça trompe*
71 *Faut-il vous l'envelopper ?*
72 *En avant la moujik*
73 *Ma langue au chah*
74 *Ça mange pas de pain*
75 *N'en jetez plus !*

76 *Moi, vous me connaissez ?*
77 *Emballage cadeau*
78 *Appelez-moi chérie*
79 *T'es beau, tu sais !*
80 *Ça ne s'invente pas*
81 *J'ai essayé : on peut !*
82 *Un os dans la noce*
83 *Les prédictions de Nostrabérus*
84 *Mets ton doigt où j'ai mon doigt*
85 *Si, signore*
86 *Maman, les petits bateaux*
87 *La vie privée de Walter Klozett*
88 *Dis bonjour à la dame*
89 *Certaines l'aiment chauve*
90 *Concerto pour porte-jarretelles*
91 *Sucette boulevard*
92 *Remets ton slip, gondolier*
93 *Chérie, passe-moi tes microbes !*
94 *Une banane dans l'oreille*
95 *Hue, dada !*
96 *Vol au-dessus d'un lit de cocu*
97 *Si ma tante en avait*
98 *Fais-moi des choses*
99 *Viens avec ton cierge*
100 *Mon culte sur la commode*
101 *Tire-m'en deux, c'est pour offrir*
102 *A prendre ou à lécher*
103 *Baise-ball à La Baule*
104 *Meurs pas, on a du monde*
105 *Tarte à la crème story*
106 *On liquide et on s'en va*
107 *Champagne pour tout le monde !*
108 *La pute enchantée*
109 *Bouge ton pied que je voie la mer*
110 *L'année de la moule*
111 *Du bois dont on fait les pipes*
112 *Va donc m'attendre chez Plumeau*
113 *Morpions circus*
114 *Remouille-moi la compresse*
115 *Si maman me voyait !*
116 *Des gonzesses comme s'il en pleuvait*
117 *Les deux oreilles et la queue*
118 *Pleins feux sur le tutu*
119 *Laissez pousser les asperges*
120 *Poison d'avril ou la vie sexuelle de Lili Pute*
121 *Bacchanale chez la mère Tatzi*
122 *Dégustez, gourmandes !*
123 *Plein les moustaches*
124 *Après vous s'il en reste, monsieur le Président*
125 *Chauds, les lapins !*
126 *Alice au pays des merguez*
127 *Fais pas dans le porno*
128 *La fête des paires*
129 *Le casse de l'oncle Tom*
130 *Bons baisers où tu sais*
131 *Le trouillomètre à zéro*
132 *Circulez ! y a rien à voir*
133 *Galantine de volaille pour dames frivoles*
134 *Les morues se dessalent*
135 *Ça baigne dans le béton*
136 *Baisse la pression, tu me les gonfles !*
137 *Renifle, c'est de la vraie*
138 *Le cri du morpion*
139 *Papa, achète-moi une pute*
140 *Ma cavale au Canada*
141 *Valsez, pouffiasses*
142 *Tarte aux poils sur commande*
143 *Cocottes-minute*
144 *Princesse patte-en-l'air*
145 *Au bal des rombières*
146 *Buffalo Bide*
147 *Bosphore et fais reluire*
148 *Les cochons sont lâchés*
149 *Le hareng perd ses plumes*
150 *Têtes et sacs de nœuds*
151 *Le silence des homards*
152 *Y en avait dans les pâtes*
153 *Al capote*
154 *Faites chauffer la colle*
155 *La matrone des sleepinges*
156 *Foiridon à Morbac City*
157 *Allez donc faire ça plus loin*
158 *Aux frais de la princesse*
159 *Sauce tomate sur canapé*

160 *Mesdames, vous aimez ça*
161 *Maman, la dame fait rien qu'à me faire des choses*
162 *Les huîtres me font bâiller*
163 *Turlute gratos les jours fériés*
164 *Les eunuques ne sont jamais chauves*
165 *Le pétomane ne répond plus*
166 *T'assieds pas sur le compte-gouttes*
167 *De l'antigel dans le calbute*
168 *La queue en trompette*
169 *Grimpe-la en danseuse*
170 *Ne soldez pas grand-mère, elle brosse encore*
171 *Du sable dans la vaseline*
172 *Ceci est bien une pipe*
173 *Trempe ton pain dans la soupe*
174 *Lâche-le, il tiendra tout seul*
175 *Céréales killer*

Hors série :

Histoire de France.
Le standinge.
Béru et ces dames.
Les vacances de Bérurier.
Béru-Béru.
La sexualité.
Les Con.
Les mots en épingle de Françoise Dard.
Queue-d'âne.
Les confessions de l'Ange noir.
Y a-t-il un Français dans la salle ?
Les clés du pouvoir sont dans la boîte à gants.
Les aventures galantes de Bérurier.
Faut-il tuer les petits garçons qui ont les mains sur les hanches ?
La vieille qui marchait dans la mer.
San-Antoniaiseries.
Le mari de Léon.
Les soupers du prince.
Dictionnaire San-Antonio.
Ces dames du Palais Rizzi.
La nurse anglaise.
Le dragon de Cracovie.
Napoléon Pommier.

Œuvres complètes :

Vingt-neuf tomes parus.

Morceaux choisis :

1. *Réflexions énamourées sur les femmes*
2. *Réflexions pointées sur le sexe*
3. *Réflexions poivrées sur la jactance*
4. *Réflexions appuyées sur la connerie*
5. *Réflexions sur les gens de chez nous et d'ailleurs*
6. *Réflexions passionnées sur l'amour*
7. *Réflexions branlantes sur la philosophie*
8. *Réflexions croustillantes sur nos semblables*
9. *Réflexions définitives sur l'au-delà*
10. *Réflexions jubilatoires sur l'existence*

Mes délirades

SAN-ANTONIO

TANGO CHINETOQUE

Fleuve Noir

Edition originale
parue dans la collection Spécial-Police
sous le numéro 511

ISBN 2-265-07578-7
ISSN 0768-1658

Au professeur Alfred Sauvy, cette grave étude sociologique, en très respectueux hommage.

S.-A.

AVERTISSEMENT (solennel)

Et d'abord mettons-nous bien d'accord !

L'affaire dont je vais vous entretenir ici est ultra-secrète et je prends une responsabilité terrible en vous la contant. Si je le fais c'est parce que j'ai la faiblesse de croire en votre discrétion. Néanmoins vous allez me donner votre parole d'honneur de brûler ce livre dès que vous l'aurez lu, pour éviter toute possibilité de fuites.

De la sorte, je serai plus tranquille.

Et même, si vous ne vous sentez pas capables de garder un secret, de vivre avec lui, de le choyer, de le chouchouter sans jamais le montrer à quiconque, ou encore si vous détestez le style san-antonien, alors brûlez ce bouquin avant de le lire.

Ça gagnera du temps ! Et ça sera plus prudent ! Vu ?

Bon, fermez les volets, donnez un tour de clé à la porte et débranchez le téléphone. Je commence !

CHAPITRE PREMIER

Félicie est sur le pas de la porte, qui m'attend. Elle voit déboucher mon taxi de très loin, et son visage gris s'éclaire. Voilà qu'une fois de plus son rejeton rejoint sa base. L'aura-t-elle assez attendu, ce galopin de San-Antonio, m'man ! Lorsque j'allais en classe, si j'avais le malheur de m'attarder à tirer des sonnettes ou à bécoter des écolières (mais oui, déjà !) sous des porches, j'étais certain d'apercevoir en revenant sa silhouette anxieuse adossée au pilastre de la grille. Elle croit que le fait de m'attendre dehors, ça brusque mon retour, ou plutôt que ça me protège. Et peut-être est-ce vrai que l'anxiété des mères protège leurs enfants ? Peut-être que leur tourment dégage de grandes ondes bénéfiques qui s'étaient sur le monde plein de périls et vont emmitoufler les petits d'hommes ? Je veux bien croire à ça, moi, San-A. ! Oui, je veux bien. Dans la monstrueuse indifférence de l'univers la seule île dont le sol ne foire pas sous vos pieds, c'est l'amour maternel.

Donc, elle est là, devant le jardin, Félicie. Tendre sentinelle soucieuse de détourner des dangers incertains. Dans la petite rue paisible, bordée de pavillons douillets et discrets avec des grilles débordant de rosiers, un chien de voisin zigzague de poubelle en poubelle d'un air préoccupé de contrôleur en action.

Mon bahut stoppe devant notre portail et je bondis au cou de ma brave femme de mère.

— Tout s'est bien passé, mon grand ?

— Au poil, m'man.

Je douille le Ruski de la maison G 7 et récupère ma valoche de cuir. Mais, au moment où le conducteur va déhoter, v'là que Félicie tape à sa vitre.

— Attendez ! lui crie-t-elle.

Je file à m'man un regard surpris.

— Qu'est-ce qu'il y a ?

— Ecoute, mon grand, Mme Bérurier a téléphoné tout à l'heure. Elle voulait te parler ; elle était en larmes, les sanglots l'étouffaient. Elle m'a demandé si tu étais de retour et a supplié que tu passes la voir dès ton arrivée, alors je pense que…

Brave vieille Félicie. Je sens combien ça lui coûte de me rembarquer séance tenante. Elle aimerait tellement m'avoir un peu à elle, me mijoter un petit plat et regarder la téloche assise près de moi dans le vieux canapé de la salle à manger…

— Tu crois que ça urge, m'man ?

— Il vaut mieux que tu ailles voir tout de suite, Antoine.

— Tu as raison. Bon, je te laisse ma valise et je fais l'aller-retour.

Une bise hâtive et je virgule l'adresse du Gros à mon pilote.

Qu'est-ce qu'y a bien pu arriver chez les Béru ? Sa Majesté aurait-elle débloqué une fois de plus ? A-t-elle été victime d'un accident ou d'un coup fourré ?

Je file un coup de périscope par la lunette arrière du taxi. Je vois la silhouette un tout petit peu voûtée de

Félicie rentrant ma valise. Ça me fait du triste partout. Ce soir, je l'amènerai à l'Olympia et ensuite je lui paierai une jaffe chez Lipp. Faut que je la sorte un peu, m'man, pas qu'elle s'encroûte à la maison. Elle a besoin de voir du monde, d'entendre de la musique…

L'homme au compteur-entre-les-dents me débarque devant le Béru's office. Quatre à quatre j'escalade son escadrin. Parvenu à son étage, je ressens un moche pincement au battant. La lourde est ouverte et c'est plein de monde à l'intérieur de l'appartement. Des gens que je connais, d'autres que je ne connais pas ; tous sont en sombre et en larmes. « Ça y est, me dis-je, le Gros est cané. » Ça me file une nausée, pareille idée. L'existence sans Bérurier, ça ne se conçoit plus. Il fait partie intégrante de ma vie. Il est le sol généreux de mon univers. Un sol un peu fangeux, mais duquel pourtant jaillissent de belles et blondes moissons.

Je m'apprête à interroger un quidam, mais il me fait signe de la boucler, vu que quelqu'un cause dans la salle à briffer sur un ton pathétique et trémolesque. Je fends la foule. Il y a là sa concierge, le bougnat d'en bas, le sourdingue d'en haut, Alfred le coiffeur et sa dame, le beau-frère de Béru, le malingre de Nanterre avec la sœur de Berthe, impotente, importante, avachie, abîmée à jamais dans un marécage de graisse. Il y a Berthe en pleurs.

Un monsieur jaune cirrhose, décoré sur canapé, parle en faisant friser les féminines ! Il en est à la péroraison justement : « Tu fus toujours le plus généreux et le plus serviable des hommes, Alexandre-Benoît. Le plus aimant des maris. Le plus sûr des amis. Le plus consciencieux des policiers. »

On renifle. On pleure plus bruyamment. On refila son mouchoir à ceux qui ont oublié le leur. Et l'orateur de conclure : « Toute ta vie fut un modèle, Alexandre-Benoît, ta mort restera un exemple ! »

Il se tait. Les dames font bahu hahuuuu, et les messieurs font hegrmmm hegrmmm. On tombe dans les bras les uns des autres. On se mélange le chagrin, trinque avec sa peine, on se boit les larmes, on se renifle la morve à bout portant, on s'entre-déguste la détresse. La mort de mon Béru me fout k.-o. Je me sens dévasté entièrement. J'ai plus une parcelle de moi-même valide ou valable. J'embrasse une dame barbue. (J'apprendrai un instant plus tard qu'il s'agit de sa cousine Gertrude.) Je presse sur mon cœur un maigrichon qui vaporise du clapoir. Tout le monde s'étreint, se pétrit, se malaxe. Il y a des mains et des bouches qui me parcourent, des pleurs qui me détrempent, des soupirs qui me décoiffent. J'embrasse Alfred dont la figure ressemble à l'ardoise d'une pissotière, j'embrasse le sourdingue dont l'appareil acoustique zonzonne comme un transformateur surmené, j'embrasse la frangine à Berthy, la monstrueuse qui chlingue l'abattoir, j'embrasse son minus mari, j'embrasse ce qui m'arrive en bloc et au hasard, n'importe où : sur les joues, sur le front, sur la bouche, sur le nez, dans les cheveux. On se répartit les effusions, on se distribue l'émotion, on se l'émiette, on se la fait goûter, on se l'entre-grume, on se la lèche, on se la boit, on se la décerne, on se la cerne, on y patauge, on la distille, on l'alimente, on l'éclabousse. D'autres bras m'enlacent, d'autres lèvres me compostent. Je pleure aussi. J'ai le malheur qui ronronne dans ma poitrine comme le moteur d'un rasoir électrique. Je tombe dans les bras du père Pinaud, pas encore aperçu. Une vraie loque ! Déjà au repos, il fait cuvée-réservée-de-poubelle ! Mais, alors, dans l'épicentre du malheur il est plus fréquentable. Ce sont ses fringues qui lui conservent encore un brin d'apparence humaine. Autrement il ressemblerait à un mollusque pantelant. Il hoquette, il suffoque. « On retrouvera jamais le même », il prophétise.

« Il n'y a eu qu'un Bérurier dans l'histoire humaine, il ne saurait y en avoir d'autres. Ou alors des ersatz, des succédanés, de la copie non conforme, de la décalcomanie, des Béru de plomb ! »

Tout de même, malgré la peine qui me broie, je veux demander comment c'est arrivé ce grand malheur ; ce qui lui est arrivé à Béru. Un homme en pleine santé, un roc dans la force de l'âge… Mourir brutalement (je ne suis resté absent que quatre jours), c'est pas convenable !

Juste au moment où je me rassemble l'énergie d'une question, une voix s'élève, à l'autre bout de la pièce :

— Que cela nous empêche tout de même pas d'écluser un gorgeon en bectant un bout de sauciflard, les gars !

Je me pétrifie, me solidifie, me minéralise, me marmore. Cette voix, j'en suis certain, c'est celle du Gros. Un enregistrement ?

Je veux savoir, mais Berthy, qui vient de m'apercevoir, me bondit sur le poiluchard comme une avalanche. Je suis prisonnier de ses jambons et de son mufle avide. Elle me comprime, m'opprime, m'oppresse, me compresse et se déprime sur moi. Ses bajoues me recouvrent. Ses larmes me poissent. Sa bouche me ventouse. Elle va me broyer, la frénétique, me déguiser en pâte et me croquer de son gosier boatien. Je vais disparaître en elle à jamais, absorbé comme en des sables mouvants.

— Vous, vous ! bave-t-elle. Comme c'est gentil d'être accouru ! J'ai tellement besoin d'un soutien !

Ça fait des années qu'elle me convoite, la redoutable

ogresse, des années qu'elle rate pas une occase de me sauter au cou. Je veux la refouler, c'est pas possible. Elle me jugule et m'obstrue. Je veux parler, elle me bouffe les questions dans la bouche ! Je veux opérer ma reddition, lever les bras, faire camarade, impossible ! Je suis pris dans cette tornade vivante. On n'allume pas sa cigarette au cœur d'un cyclone. Me voilà devenu fétu, redevenu fœtus.

Je tombe à pic, je coule à pic, je sombre, sombre héros sans sombrero ! Mais la voix de la délivrance claironne :

— Bouffe-le pas tout cru, Berthy, y peut encore faire de l'usage.

A nouveau, la voix de Béru ! Mes trompes d'Eustache s'amuseraient-elles à m'abuser ? Mes sens perturbés par la douleur ne me joueraient-ils pas un vilain tour ?

L'étreinte de Berthe se relâche. Tout meurtri, tout fripé, tout ruisselant, je regarde et que vois-je ? Assis dans un fauteuil voltaire ? Béru Ier, bien en chair, bien en os, bien en graisse, bien portant ! Un Béru grave, mais cordial, entier à ne plus en pouvoir.

Je reste planté devant sa grassouillette Majesté, les bras ballants, la cervelle brinquebalante.

— Merci d'être venu, San-A., murmure l'enflure, ça me touche beaucoup, tu sais !

Il sort de sa poche un mouchoir vaste, gris, roué, maculé, souillé et, pour tout dire, béruréen, et s'en tamponne l'émotion avec des gestes grand siècle.

— Je serais pas clamsé tranquille si je t'aurais pas revu au paravent, affirme mon valeureux ami.

Je m'abats à son côté sur une chaise de cuisine venue dans la salle à manger en voisine et en renfort.

— Qu'est-ce que c'est que cette mascarade, Béru ?

Il hoche sa bouille pâlotte.

— C'est pas une mascarade, mec. Je suis t'en train de vivre mes zultimes heures.

En un minimum de temps, je suppute quel mal peut l'emporter aussi rapidement. Il n'a l'air ni phtisique ni cardiaque, le Gros. Va-t-on lui greffer un nouveau rein ? Et, quand bien même, je ne verrais pas dans cette opération la justification de la cérémonie barbare à laquelle j'assiste.

— Si tu m'éclairais la loupiote, un peu, au lieu de me laisser mijoter dans une forêt de points d'interrogation ?

— Isolons-nous, fait-il, vu que c't'un secret d'Etat...

Il ajoute en me prenant le bras :

— ... Mais j'ai pas de secrets d'Etat pour toi, San-A. ! Après tout tu es mon supérieur rachitique...

Il se lève et m'entraîne dans les ouatères proches tandis que les invités assaillent le buffet.

— Assieds-toi, invite le Gros en me désignant la lunette de son isoloir.

— Je préfère rester debout, assuré-je après avoir constaté l'état du siège improvisé.

— Comme tu voudras, fait-il en prenant place. Voilà donc le topo, je te le bonnis dans l'ordre morphologique. Imagine-toi qu'avant-hier, un coup de grelot arrive à la Poule. J'étais en train d'arroser le tiercé de Pinuche. La Vieillasse avait joué son numéro de téléphone et ça lui avait rapporté cinquante raides. On se fêtait donc l'exploit au vin bouché lorsque le standardiste m'annonce que le Vieux te faisait dire que si t'étais rentré de voyage, fallait que t'allasses le rejoindre d'urgence à l'ambassade américaine !

Je sourcille :

— Vraiment ?

— Oui. Mais t'étais pas rentré, tu ne l'ignores pas, alors, devant l'état d'urgence que la chose paraissait présenter, je m'ai dit que je ferais peut-être bien d'y aller, moi !

— Un coup de zèle ! ironisé-je.

— J'aurais mieux fait de me couper les sèles, affirme le Mastar. Je me pointe donc chez les Ricains. Je dis qui je suis et qui je viens voir. On me fait attendre et le Dabe me reçoit dans un big salon plein de dorures et de zigs pas tibulaires. « San-A. n'est toujours pas rentré, m'sieur le directeur, j'y vaporise à la suave, j'ai cru bien faire, vu que je suis son remplaçant de remplacement, de venir à sa place. »

« Au début il a paru contrarié, et puis il a hoché la tête en murmurant : "Pourquoi pas ?" Il me fait asseoir. Je les avais un peu à la caille biscotte cette réunion ressemblait à un congrès du Cucul-Clandé, les cagoules en moins. Ils ont repris leur converse autour du tapis vert. Moi, je cause l'anglais avec les mains principalement et eux le causaient avec le nez ! J'entravais donc que tchi à leurs histoires. A la fin, le Vieux me prend en charge.

« — Bérurier, me dit-il, l'heure est grave. »

« D'instinct, poursuit le Dodu, je mate ma tocante, elle marquait quatre heures. L'heure du goûter ! V'là les larbins qui s'annoncent avec du bourbon et des godets. Les messieurs ricains commencent à biberonner en faisant des hochements de tête affligés. Un esclave noir a la bonne idée de me voter un glass de whisky. Je liche en attendant que le Dabe m'affranchisse. Il paraissait hésiter, et puis v'là qu'il se décide :

« — L'observatoire du mont Palomar, il me fait, vient de détecter dans le ciel un satellite artificiel d'une taille absolument fantastique. Cet observatoire céleste se trouve à l'aplomb de l'Amérique… »

Béru se grattouille la nuque d'un ongle fortement calcifié.

— Et v'là le Vieux qui me bonnit des trucs et des machins sur le satellite en question. Une merveille, confort moderne : eau, gaz, électricité. Les Ricains ont cru que c'était un nouveau coup des Russes. Mais pas du tout. Les Russes venaient de crier au charron à la crèche blanche parce que, eux aussi, avaient droit à un autre satellite tout pareil et qu'ils se figuraient, les candides, que l'engin était amerlock. Tu imagines la confusion et la consternation ?

— En effet, dis-je, passionné.

— Les services secrets des deux nations, unis pour une fois, se sont remués le prose pour découvrir leur provenance à ces vilains satellites voyeurs. Ils étaient prêts à croire à la venue des Martiens. Mais leur conclusion, c'est que ces machins-là sont chinois !

— Chinois ! m'exclamé-je.

— Paraît-il. Ça bouleverse toutes les données, biscotte on ne les croyait pas évolués à ce point, les pères La Jaunisse. On était loin de croire qu'ils damaient le pion aux Popofs et aux Amerlocks en matière de cosmonie. Pas la peine de te faire un dessin pour t'expliquer que les services secrets des uns et des autres ont essayé d'en savoir davantage. Seulement ils l'ont eu *in the* baba, comme on dit en anglais. La vraie bouteille à encre, mec ! La nuit de Va-te-Purgé que chantait Faust !

— Et pourquoi ?

— Parce que tous leurs espions se sont fait repasser. Zéro : terminé ! Pas un seul n'est revenu, que ça soye du côté ruski ou du côté ricain. Tout ce qu'on sait, vu les résultats, c'est que la Chine possède une base formide, mais on ignore où qu'elle niche. Ils ont beau brancher leurs radars thermostatiques à vibrations conjuguées, c'est le grand blacoute. Il me bonnissait tout ça, le Big Dabe, et aussi comme quoi, les services américains mobilisent leurs homologues des autres nations occidentales pour si des fois ils auraient une idée. Paraît que les gnaces de l'Intelligence Service se sont mis de la partouzette idem et qu'ils sont restés au tapis comme les copains. Tout en causant, on vidait des bourbons. Pas le Vieux ; lui, il scandalisait ces messieurs en éclusant du jus de fruit, ça me faisait si tellement honte que, pour nous compenser le prestige, je sifflais mes godets de whisky cul sec. C'est ça qui a été cause de tout. Au dixième j'étais beurré comme un Petit-Lu. Surtout que les loufiats de l'ambassade servaient pas des rations mauviettes ! Alors je m'ai levé et je leur ai bonni comme ça qu'ils étaient tous bons à nibe, que leur réputation était gonflée et que, moi Béru, j'allais leur donner un cours du soir en matière d'espionnage. J'étais partant pour la Chine et leur base mystérieuse, recta j'allais la dénicher pour qu'elle figurasse sur le Michelin de l'année prochaine… Au début le Vioque a tenté de me freiner l'élan. « Bérurier, il me reprochait, songez que des agents d'origine chinoise, parlant parfaitement la langue, ont échoué. Comment espérez-vous réussir ? »

« J'avais réponse à tout. Quand on est naze, tu sais ce que c'est ? T'as l'impression que tout baigne dans le beurre. J'ai tellement bonni qu'à la fin, le Dirlo, il me remouillait la compresse. Il y croyait dur comme mes noix que j'allais les mystifier, tous, et leur ramener la base enveloppée dans du papier-cadeau. Il renchérissait. Il opinait ! Il traduisait. Ces messieurs ont été convaincus, vaincus. Ils s'y sont pris à ma bavasse. Ils me claquaient les endosses en m'appelant "Vieux haricot". Ils me filaient des cigarettes, du chevingomme, une cravate avec une fille à poil peinte dessus… Et on a éclusé d'autres biberons.

« Quand j'ai rentré à la cabane, j'avais le cerveau comme un gros chou-fleur et je causais en pointillé. Je m'ai zonné avec la menteuse collée au plafond de ma bouche. Je continuais de voir l'avenir en Gévacolor. Seulement, le lendemain, lorsque je m'ai réveillé, bien ramoné des cellules, l'hideuse réalité m'est apparue. J'ai compris que j'avais trop tartariné. Que j'allais filer droit à l'abattoir, moi aussi. Car enfin, qu'est-ce que tu veux que j'aille branler en Chine vu que je cause pas le chinetock et que, même si j'aurais la jaunisse et une cirrhose, je pourrais jamais passer pour un gars de là-bas ! »

— J'espère que tu es allé dire au Vieux qu'il y avait maldonne ?

Il hausse les épaules.

— J'ai essayé. Mais t'aurais vu comment qu'il les a brisées dans l'œuf mes réticences ! « Bérurier, lorsqu'on prend un engagement comme celui d'hier à la face de l'étranger, qu'il a trémolisé, on va jusqu'au bout. On réussit ou on meurt. » Qu'est-ce que tu voulais que je répondisse à ça ?

Il a un soupir cahotique.

— C'est râpé pour moi, mec. Le Dabe s'est mis d'accord avec les Ricains pour qu'ils me prennent en charge, biscotte il veut pas que la France se mouille dans c't'aventure. Il est question qu'ils me parachutassent sur le territoire de la Chine Populaire ! C'est tout dire, moi qu'ai jamais sauté en parachute ! Le mieux qui puisse m'arriver, c'est que mon pébroque fasse relâche et que j'aille déguster la terre jaune en arrivant. Aller caner à l'autre bout du monde, c'est tristet, tu reconnais ? Alors j'ai organisé ma journée d'adieu aux aminches et à la famille ! Viens, on va les rejoindre.

Machinalement il tire la chasse d'eau en se levant et m'entraîne hors de son cabinet particulier. L'assistance s'anime un peu. Les boissons alcoolisées mises à sa disposition ne sont pas étrangères à cette flambée de vie. Chacun bavarde à travers sa peine et les larmes sèchent dans les sillons qu'elles ont creusés. Béru est un martyr plein de courage et d'abnégation. Il a fait le deuil de sa vie, si je puis dire, avec un maximum de simplicité.

— Mes chers vous tous, harangue-t-il d'une voix forte, je vous remercie d'être venus si nombreux me témoignasser votre sympathie et me présenter vos condoléances à propos de la perte cruelle que je vais subir incessamment. C'est dur de laisser une femme aimée, des amis sincères, le beaujolais nouveau, Paris et ses bistrots.

Il décompresse longuement avant de poursuivre :

— Oui, c'est dur de disparaître à la fleur de l'âge, mais quand la France commande, comme dit mon directeur, c'est pas la peine d'élucider et faut répondre « Présent ! ».

De graves hochements de tête lui répondent.

— Je compte sur vous tous, reprend le Héros, pour distraire ma chère veuve que voilà !

En entendant ces tristes paroles, Berthe fond en larmes visqueuses. Elle hoquette : que c'est horrible, que c'est terrible, que c'est pas permis, que la vie est triste, que la vie est bête, que la vie est ignoble, que Béru a été un bon compagnon, que lorsqu'on perd sa compagnie on a tout perdu (comme disait un capitaine), que ce sont les meilleurs qui s'en vont, que : est-ce qu'elle aura droit à une pension ? que, si oui, de combien ?

On la calme, on la rembrasse et Béru poursuit :

— C'est surtout à Alfred que je m'adresse. Berthe

est une personne de tempérament dont à laquelle il faut pas lui en promettre, mais lui en donner. C'est pas parce que j'aurais déclaré forfait qu'elle devra s'étioler dans ses crêpes, la pauvre grande. Sa vie à elle continuera et j'espère qu'elle en profitera bien, ce qui ne l'empêchera pas de faire une bise à ma photo de temps en temps. Je sais qu'une veuve excite moins qu'une femme marida vu qu'il n'y a personne à encorner à la clé, pourtant les aminches devront se comporter comme si je serais encore là, vu ?

Les assistants approuvent tristement.

— Merci, balbutie la Berthe, t'es bon tu sais, Alexandre-Benoît.

Il modestise des yeux et des épaules et reprend :

— Naturellement, j'ai fait mon testament. Re-naturellement, je laisse mes biens à ma chère veuve. Pourtant, y a des bricoles que je voudrais répartir à mes potes et parents en souvenir.

Il sort une feuille de papier hygiénique de sa poche et lit :

— « A mon beau-frère Félix, je lègue ma canne à pêche… A mon grand ami Alfred, le pyjaveste que je m'étais acheté au cours d'un voyage et que j'ai jamais pu mettre biscotte il était trop étroit et qu'il laisse vadrouiller coquette ! A mon vieux Pinaud, je lègue les huit bouteilles de muscadet qui se trouvent dans la cave, à gauche en entrant. A mon voisin du dessus, avec qui, bien qu'il soit sourd, je m'ai toujours bien entendu, je laisse ma pipe en écume parce que le bonhomme qu'elle représente lui ressemble. A M. Trocut, le président de ma société de pétanque, qui a si bien causé à mon sujet tout à l'heure, je lègue le stylo japonais qu'on m'a ramené des jeux Olympiques de Tokyo et dont au sujet duquel je ne me suis jamais servi puisque je rédige au crayon Bic. Enfin, à mon chef et ami le commissaire San-Antonio, avec qui j'ai vécu le plus exaltant de ma carrière professionnelle, je lègue mon pistolet à crosse de nacre en lui recommandant de faire gaffe à la gâchette qu'est sensible comme une jeune fille. Voilà, c'est tout ! »

On le congratule. Chacun reçoit séance tenante son legs avec l'impression de participer au tirage d'une tombola.

Il y a dislocation du cortège. Félix, le beau-frère, un grand zig à la poitrine creuse et à la tête de microbe, demande de l'aide pour redescendre le catafalque sur lequel gît sa bonne femme, une monstrueuse rombière mafflue, qui parle comme on bave et bave comme on défèque.

Les hommes s'empressent, à l'exception de Béru et de moi qui avons encore besoin de « causer ». Le Gros regarde partir le brancard dans l'escalier. Alfred, Pinuche, le sourdingue, le bistrot d'en bas et M. Trocut s'y sont attelés. Félix, qui a l'habitude de cornaquer son pachyderme, dirige la manœuvre, penché par-dessus le rampe.

— Plus haut, à gauche, il crie ! Attention au tournant de l'escalier ! Baissez un peu pour pas qu'elle se pète le naze dans la lampe !

— C'est bien une croix pour ce pauvre Félix, compatit Béru, inépuisable de bonté.

— Elle est paralysée à la suite d'une polio ?

Le Gros secoue négativement la tête, s'assure que Berthe ne peut pas nous entendre et murmure :

— Je vais te confier un secret de famille. Cette pauvre Geneviève était sœur…

— De charité ? coupé-je.

— Non : siamoise. Elle faisait équipe avec une autre

qui s'appelle Hortense et qu'est maintenant garde-barrière dans l'Eure-et-Loir. Un jour Félix est tombé amoureux d'elle et l'a épousée. Seulement leur vie manquait d'intimité à Geneviève et à lui à cause d'Hortense qui assistait à toutes leurs conversations et à tous leurs zébats. C'était des discussions à n'en plus finir et la noye, à trois dans un plumard, ça devenait infernal. Alors Félix a drivé ses siamoises chez un chirurgien cambodgien qu'avait une méthode à lui pour diviser les siamois.

« En effet, le toubib en question a séparé les deux frangines. Manque de bol, elles avaient des organes en commun, les sisters. Geneviève a gardé la rate pour elle toute seule et Hortense a conservé le sexe par-devers elle, si bien que lorsque Félix a le zigomar qui polissonne, il est obligé d'aller trouver sa belle-sœur à Saint-Gougnafié-le-Petit-Trou tandis que, quand Hortense a besoin de se marrer, faut qu'elle rapplique dare-dare à Nanterre pour se dilater la rate ! »

Béru hausse ses puissantes épaules.

— Ce sont des choses qui compliquent la vie, conclut-il.

— Amène-toi, fais-je brusquement. Je viens de décider qu'on ne peut pas envoyer délibérément un individu d'exception comme Béru se faire massacrer.

— Où ? demande-t-il.

— Chez le Vieux !

— Pour quoi faire ?

— Peut-être pour lui dire se quatre vérités, Gros. Arrive !

CHAPITRE DEUX

Je me demande si le Vieux se serait pas dégauchi une frivole souris ? Depuis quelque temps, il se fringue dans les tons clairs, un peu hardis. Le démon de la cinquantaine qui lui chatouille les nougats, probable ? Toujours est-il qu'il porte aujourd'hui un de ces prince-de-galles gris pâle qui le rajeunit d'au moins trois semaines. Chemise en voile bleu (comme aurait dit la chère Gaby Morlay), avec une cravate tricotée bleu marine, *if you please*, et une pochette noire assortie, madame ! Et je ne sais pas s'il démarre un chou-fleur du foie ou s'il s'est badigeonné à la bronzine, mais il a la frite d'un moniteur de ski en fin de saison. Y a pas à dire, c'est du mec !

« Le style, c'est l'homme », comme a dit machin qui s'y connaissait. En défrimant le Vioque, on se rend compte à quel point c'est réel. Ce qui le situe, notre dirlo, ce sont ses manières aisées, son port de tronche plus que son port d'arme. Sa façon de mater l'interlocuteur, poliment mais impitoyablement, de ses grands yeux bleus dans lesquels on se noierait facile si on plongeait dedans sans sa ceinture de sécurité.

Il m'écoute, le bout des doigts joints, opposant chaque phalange à la phalange correspondante. Ses boutons de manchettes, c'est deux boutons, mais en or. Ils brillent dans la lumière onctueuse de son déflecteur de burlingue.

Lorsque j'ai terminé mon plaidoyer, il reste un instant silencieux. Puis il sépare ses mains de prélat et titille le bord de sa pochette.

— Mon cher San-Antonio, murmure-t-il d'une voix suave, je comprends mal qu'un homme de votre trempe vienne me tenir un pareil langage…

In petto je me dis que c'est râpé et je regrette d'avoir déballé mon sentiment à cet homme de fer. J'aimerais pouvoir reprendre mes paroles. On dit qu'elles s'envolent, c'est peut-être vrai, en tout cas les miennes font du rase-mottes dans la pièce. Un vol de corbaques, les gars. Bien noir, bien braillard.

— Pourquoi, monsieur le directeur ? riposté-je sèchement.

Il me file un petit coup de périscope pas gentil, scrutateur et âpre afin de voir où j'en suis. Il sent bouillonner ma hargne et ne s'en émeut pas. Lui, ce qui fait sa principale force, c'est qu'il ne réagit pas aux variations de température. La chaleur ne le dilate pas, le froid ne le contracte pas. Il est constant ! C'est une citadelle. C'est un roc ! C'est un pic ! C'est une péninsule !

— Mon cher, il emphatise, rendez-vous compte qu'un de mes collaborateurs, en l'occurrence Bérurier, s'est porté volontaire pour une mission en Chine, ce en pleine ambassade des U.S.A. et devant un parterre de diplomates et d'agents du F.B.I. Qu'il ait agi en état d'ivresse ne change rien à l'affaire. En s'engageant il a engagé nos Services. C'est notre prestige tout entier qui est en cause et même, San-Antonio, n'ayons pas peur des mots, le prestige de la France !

Il y a des relents de *Marseillaise* dans le gaz carbonique qu'il expulse. Son œil bleu et blanc se cerne de rouge.

— Le prestige, murmuré-je, qu'est-ce que ça signifie à côté de la vie d'un homme ? Vous le savez, patron, l'échec est assuré. Mieux : la tentative est insensée. Vous sacrifiez Béru délibérément pour la simple satisfaction de ne pas faire machine en arrière. C'est un parti pris auquel il m'est impossible d'adhérer.

De la fumée nous sort des naseaux à l'un comme à l'autre. On se virgule de l'électricité fielleuse. On a l'estime réciproque qui nauséabonde !

— Je pense, fait-il en se levant, qu'il est inutile de poursuivre cette conversation.

— Je le pense aussi ! approuvé-je en reculant vers la lourde.

Rarement nos rapports furent aussi tendus, mes filles ! J'ai idée que si ça continue commako ma carrière de déguisera vite en eau de boudin. Pont-aux-Dames me guette à brève échéance.

Comme j'atteins la porte, il me lance :

— Bérurier a un moyen bien simple d'échapper à cette mission !

Je me retourne.

— Qu'il démissionne ! fait le Vieux durement, la mâchoire en tiroir de commode mal fermé.

— Je vais le lui suggérer, et même le lui conseiller, monsieur le directeur !

Le Gravos est assis dans l'antichambre comme chez le dentiste. En l'apercevant dans son fauteuil de cuir râpé, le bitos sur les genoux, les tifs collés à l'eau de Cologne, anxieux et immuablement gentil, j'ai le corgnolon qui accordéone. Il n'ose me questionner, par pudeur. Mais son bel œil cloaqueux tire-bouchonne dans ma direction.

Je me laisse tomber en face de lui sur une banquette.

— Béru, soupiré-je, à côté de ce bonhomme, Staline était un grand-papa gâteau.

— Il t'a envoyé sur les roses ?

— Sans ménagements.

Il hausse les épaules.

— Je m'en gaffais. Bon, eh bien, après tout, c'est bien fait pour mes lattes, San-A. Je partirai.

— Arrête tes couenneries, Gros. Tu vas tourner une bath lettre de démission et te lancer dans la police private, voilà tout.

— Filatures en tout genre, ricane-t-il, l'œil du bidet ? Très peu pour moi, merci. Filer le train aux petites friponnes dévergondées qui vont doubler leurs matous dans les studios meublés de Courcelles, c'est pas dans mes emplois, gars. J'ai l'idéal au-dessus de la ligne de flottaison, Dieu merci.

— Vaut mieux être un privé vivant qu'un officiel mort, riposté-je. En tout cas, si la Poule artisanale te débecte, tu peux faire autre chose : gérer un petit troquet ou prendre une carte de représentant.

Mais Béru est intraitable. Il sort de sa poche un peigne plus édenté qu'un centenaire, le promène lentement sur ses tifs collés, s'humecte d'un doigt léché les favoris et murmure :

— Ménage-toi la salive, gars. T'en auras besoin pour baratiner les frangines. Je partirai pour la Chine, un point c'est tout.

Et il entonne de sa belle voix qui n'est pas sans évoquer une plaque de tôle ondulée dévalant un escalier :

— *Nuit de Chine, nuit câline, nuit d'amour.* Tagada tagada !

Tant de sérénité dans le courage me bouleverse.

Je file un coup de poing dans le brandillon du Gravos.

— Après tout, tu es dans le vrai, Béru. Il faut toujours aller jusqu'au bout de ses folies. Je pars avec toi !

Il s'arrête de chanter et devient d'un rouge pivoine très intense. J'ai une vue plongeante sur ses amygdales morillesques, sur sa langue plus chargée que le porte-bagages d'un campeur, sur ses ratiches jaunasses, crevassées, ébréchées (les fausses plus encore que les vraies).

— T'es pas louf, bredouille-t-il depuis le fin fond de son gosier. Une connerie, c'est suffisant, deux, ça tourne à la guignolade.

— Disons que je fais ma crise de dinguerie, moi aussi !

Il me saute au cou et m'embrasse violemment. De grosses larmes poisseuses coulent sur ses pommes.

— Merci, bonhomme ! hoquette-t-il. Bien sûr, je refuse ton sacrifice, mais ça ne change rien à la beauté du geste. T'es bien le grand San-A. que j'admire depuis toujours.

— Tu n'as pas à refuser ou à accepter, gros, je suis ton chef.

— Avant tout, t'es mon pote, rectifie Son Ampleur. Je permettrai pas que tu files ta peau dans les tinettes pour m'être agréable. Tu le sais bien que c'est une mission sans retour, comme on dit dans les bouquins d'espionnage.

— Et après ? On a le droit de mourir avec qui on veut, non ?

Ayant dit, je retourne toquer à la lourde directoriale. Le Dabe m'aboie d'entrer. Notre algarade l'a mis dans une humeur de hot dog. Il est debout devant sa fenêtre, regardant le Paris morose sur lequel tombe une petite averse mousseuse. Dans son dos, ses mains se tortillent comme deux poignées de vers.

— Qu'est-ce que c'est ? demande-t-il en se retournant.

Il m'avise, réprime un tressaillement et se hâte de froncer les sourcils pour être paré à la manœuvre défensive.

— Oui ?

— Monsieur le directeur, avec votre permission, j'accompagnerai Bérurier en Chine.

Là, ça lui perturbe le mental. Il se dit que j'ai dû déjanter. Ou alors que ma matière grise fait la colle. Voilà qu'après lui avoir déballé un noir tableau de la mission, je viens lui annoncer que j'entends y participer ! Son regard ne se désunit pas.

— Refusé ! lâche-t-il sèchement.

On s'affronte, on est pâles. On s'enfonce les yeux dans les yeux.

— Puis-je vous demander pourquoi, monsieur le directeur ?

Il aimerait m'envoyer chez plumeau, mais se retient de justesse. Il respire un bon coup pour s'approvisionner les soufflets et explique :

— Bérurier a fait une bêtise, il va la payer. Cela dit, je n'ai pas envie de sacrifier les meilleurs éléments de mes Services.

Je serre les poings. Je devrais être flatté, je ne suis que rogneux. La façon dont il balance le Gros m'ulcère.

— En ce cas, monsieur le directeur, fais-je, j'ai l'honneur de vous remettre ma démission.

Il reste de glace.

— Comme vous voudrez, San-Antonio, personne n'est indispensable.

— Vous l'aurez dans dix minutes, monsieur le directeur, le temps de la rédiger. Je vous présente mes respects. Adieu, monsieur le directeur.

J'ai les oreilles qui bourdonnent. Ça hulule mochement sous mon caberlot. Je quitte la pièce sans me retourner.

Le Bérurier des familles a récupéré. Il m'attend en roulant une cigarette à l'aide d'un appareil tellement compliqué qu'on aimerait voir passer son inventeur par les armes, histoire de lui apprendre à phosphorer correctement. En voyant ma mine tendue, il lâche l'objet combustible en cours de réalisation et croasse :

— Y a du grabuge ?

— Je viens de démissionner, Gros. Et je te rengage à en faire autant.

— Toi, démissionner ? murmure-t-il, incrédule de bas en haut.

— Parfaitement.

— « Il » le sait ? demande le Gravos en désignant la porte du Vieux.

— Il le sait et accepte ma démission. Si tu veux venir écrire la tienne, t'auras qu'à copier par-dessus mon épaule en changeant simplement les nom et prénoms…

Sans plus m'occuper de lui, je dévale l'escadrin jusqu'à mon bureau (pardon : jusqu'à mon ex-bureau). D'une écriture rapide et majestueuse et en termes concis, je libelle le texte qui me sépare de la Grande Maison. Il m'est déjà arrivé de flanquer ma démission, mais jamais pour de bon, soit dit entre nous et la pissotière du boulevard Haussmann.

Mes dents grincent plus fort que ma plume. Au moment où j'étale mon paraphe au bas du document, le Gros éploré s'annonce timidement :

— T'as pas le droit de faire ça, San-A.

Je ne réponds rien.

— Tu me masturbes mes derniers instants, gars, reproche Sa Majesté. A cause de ton emportement, je vais caner avec une arrière-pensée et ça risque de me faire rater mon examen de passage au Paradis… Vois-tu, le Vieux, faut le comprendre. S'il n'était pas intraitable, il aurait plus qu'à aller vendre des moules, la Grande Taule partirait en brioche. Un *big chief*, on peut pas juger son comportement, sinon ça fout la chtouille dans le chantier. Ce qu'il faut, c'est s'incliner devant ses décisions, même si ça nous ferait grincer les ratiches comme des raisins verts.

— Savez-vous que vous vous exprimez fort bien, Bérurier, dit une voix familière depuis l'encadrement de la porte.

On se retourne. Le boss est là. Sa rogne est tombée et il sourit.

Il s'avance, une main dans la poche, l'autre posée à plat sur sa calvitie pour pas qu'elle prenne froid.

— Au cours de ma carrière pas trop mal remplie, déclame le dirlo, je n'ai jamais rencontré deux têtes de mules comme vous !

Il se penche sur mon sous-main, saisit ma démission, et se met à la pétrir sans la lire pour en faire une boulette serrée. Puis, familièrement, il s'assied sur un coin de la table et nous considère alternativement.

— Sacré tandem ! dit-il.

Brusquement il se passe quelque chose d'incroyable, les gars. Quelque chose de jamais vu qui nous sidère, Béru et moi. Un petit truc rond tombe d'un œil du Vieux et s'écrase sur mon buvard. On regarde : pas d'erreur, c'est bien une larme, une vraie. D'où est-ce que ça lui sort, ce machin-là ? Je le croyais tari à bloc, pire que le désert du Sahara, le Big Boss.

Déjà il en a honte. Il renifle. Son œil s'évapore pour redevenir dur comme un caillou.

— D'accord, San-Antonio, me dit-il. Vous partirez tous les deux…

Un silence médusé. Il renifle encore une fois, une dernière, légèrement, d'une seule narine. Puis, soudain, pointant un index menaçant dans notre direction, il hurle :

— Mais à une seule condition ! Sa voix tombe et il dit :

— C'est que vous en reviendrez tous les deux, vu ?

Je saisis la main qu'il me tend et la serre comme jamais je ne l'ai fait.

— D'accord, patron, balbutié-je, on en reviendra tous les deux !

— Néanmoins, grommelle Bérurier, on prendra des allers simples. Pas la peine de mettre l'Administration dans les frais !

CHAPITRE TROIS

Le D.C.D. de l'armée de l'air américaine vrombit dans la nuit d'Asie.

Je file un regard à Béru. Les mains nouées sur sa bedaine, voûté à cause du parachute qui lui gonfle le dos, il pionce en émettant un bruit nettement supérieur à celui de l'appareil.

Un officier amerlock assis en face de moi m'adresse un clin d'œil.

— On va bientôt arriver, dit-il dans un français approximatif. Il faudrait réveiller votre camarade…

— Dans combien de temps ? interrogé-je. Il mate sa tocante.

— Dix minutes environ. Le poste de pilotage nous préviendra cinq minutes avant le point de largage.

— Alors, il sera temps de secouer Bérurier.

Je médite un instant, les yeux fixés sur le ciel moutonneux qui s'étale au-dessous de nous. Désormais, selon la volonté ferme du Vieux, nous ne sommes plus français. Notre président de la République doit faire un voyage à Pékin dans les jours à venir et, étant donné les bonnes relations nouées entre la France et la Chine, un incident diplomatique est à éviter coûte que coûte.

Officiellement, et quoi qu'il arrive, nous sommes deux alpinistes suisses qui se sont égarés dans la chaîne de l'Himalaya. On va nous parachuter près de la frontière du Cachemire avec un matériel de montagne destiné à accréditer notre version. Ensuite, ce sera l'Inconnu avec un « I » majuscule. A nous de jouer. Dans cette période indécise du voyage, au cours de ce temps mort qui échappe à mon contrôle, je fais un retour sur moi-même.

Comme chaque fois, c'est à Félicie que je pense. A peine arrivé me voilà reparti. L'autre soir, nous l'avons faite notre virée. L'Olympia, Lipp, et le retour à Saint-Cloud avec un crocheton par les Champs-Elysées, histoire de lui refiler une dernière tournée de lumière à ma vieille. Le cœur n'y était pas. Je pensais à cette mission. Je me disais que, selon toute vraisemblance, elle allait être la dernière.

Aller clamser en Chine, commak, délibérément, contre la volonté même de ses chefs, admettez que c'est un peu insensé sur le pourtour, non ? Faut aimer l'aventure, le risque et Bérurier.

Je cherche à piger ce qui m'a pris dans l'antichambre du Big Boss lorsque j'ai décidé d'accompagner le Gravos au bout de son enfer. Je crois que ce qui m'a provoqué cette décision, c'est d'imaginer le Béru, tout seulâbre, tout paumé sur le gigantesque territoire chinetoque, pareil à Chariot à la fin de ses films quand il s'en va, sur une route vide, de sa démarche de canard. Oui, j'ai réagi à cette image. Je me le suis vu, le Mastar, dans cette immensité redoutable sans andouillettes et sans bistrots, si loin de son univers tiède et paisible…

Un signal lumineux s'allume avec un ronflement d'interphone. Une voix nasillarde lance un truc caverneux. L'officier qui commande l'opération largage me fait signe.

— Il est temps, garçon !

— O.K., dis-je afin de me mettre à l'unisson. Je secoue le Gravos par l'épaule.

— Hé, bébé rose, j'appelle doucement, c'est ici qu'on prend la correspondance !

Il sursaute, regarde les banquettes, se frotte les carreaux et murmure :

— On est déjà à Chaussée-d'Antin ?

— *Yes*, mon pote, et pour le Père-Lachaise, faut prendre la direction Porte-des-Lotus.

Il renifle la réalité et bâille.

— Mince, fait-il, je rêvais justement que j'allais dîner chez Pinaud.

— Debout ! ordonne le Ricain en se dirigeant vers la lourde de l'appareil.

Béru mate par le hublot. Il n'aperçoit que la nuit immense dans laquelle flottent des nuages éclairés par la lune. Il fait la grimace.

— Va falloir plonger dans cette purée mousseline ? fait-il, très réticent.

— Eh oui ! Gros. Il va falloir.

— Ils pourraient pas nous poser puisque l'endroit où on débarque est un désert.

— Impossible !

— C'est la première fois que je saute en marche d'un avion.

In petto, je souhaite très fort que ça ne soit pas la dernière. La veille, on lui a fait subir une petite séance d'entraînement afin de lui apprendre à se recevoir, mais ça n'a guère été concluant.

— N'oublie pas les conseils du moniteur, Gros, en ce

qui concerne la position de descente. Si tu te casses une guitare à l'arrivée, c'est scié.

— Je ferai au mieux, dit-il.

L'officier américain s'assure que les sangles de nos parachutes sont bien bouclées. Puis il fixe la courroie d'ouverture de nos dorsaux au rail scellé au plaftard de l'appareil.

Sa Majesté est un peu pâlichonne, mais fait bonne contenance néanmoins.

Le signal lumineux palpite à nouveau.

— Dans trente secondes ! avertit l'Américain en faisant coulisser la porte. Un grand rectangle de nuit se découpe soudain et l'air se met à miauler sauvagement.

— Tu sautes le premier ! avertis-je.

— Je suis paré, bredouille le courageux. L'Américain lève un bras. Il a son autre main appuyée sur l'épaule du Gravos.

— *Go !* crie-t-il soudain en donnant une impulsion à mon compagnon.

Béru est ce qu'il est : gueulard, renaudeur, picoleur, soudard, et tout. Mais la témérité, c'est son lot. Il n'a pas l'ombre d'une hésitation, il se précipite dans le vide. Ce faisant, il pousse une exclamation terrible, si terrible qu'elle domine le hululement de l'air.

— Merde, y a une corde ! dit-il.

Prompt comme l'éclair, il sort un couteau de sa ceinture et tranche la sangle chargée de l'ouverture de son parachute.

— Il est *crazy* ! s'exclame l'Américain.

Le Béru, plus bas, semble patauger dans les nuages.

Tout cela se déroule dans un laps de temps extrêmement mince. C'est quasi de l'instantanéisme. Je vois le vide absorber le Gros. Cet idiot n'avait pas vu l'Américain fixer la sangle, il a cru à un accident technique et il l'a tranchée. Il ne lui reste plus que son ventral.

Il l'actionne. Mal sans doute, car à peine déballé de son sac, le parachute se met en torche. Béru est foutu. L'avion décrit un arc de cercle.

— Débouclez-moi l'attache du dorsal ! dis-je à l'officier.

— Mais, fait-il.

— Vite !

Il obéit. Je me défais du parachute. Il ne me reste plus que mon ventral. Je saisis une cantine de fer pleine de matériel et je saute dans le vide avec ce lest, car il faut que je pèse plus lourd que Sa Pomme pour pouvoir le rejoindre. Heureusement que son parachute en torche freine sensiblement sa chute ! Je marche dans l'air. J'essaie de me rapprocher de la forme blanchâtre qui tombe là-bas, sous moi. Je ne pense plus. Tout s'opère dans une quatrième dimension que le cerveau humain n'est pas apte à discerner.

Je ne suis plus qu'un objectif ! J'oublie la mission, l'endroit où nous sommes, l'avion qui continue de bourdonner là-haut (il bourdonne moins que moi, croyez-le). J'oublie le sol qui monte à ma rencontre. Je me veux projectile. Je suis une masse pesante. Un bloc minéral. Je trouve que ça ne va pas suffisamment vite ! Ça traînaille, ça lambine, ça musarde. Un moment, je crois qu'il me sera impossible, malgré la charge de la cantine, de rattraper Béru avant le sol. Il est beaucoup plus bas que moi. Il chute librement, lourdement, en tournoyant un peu, because son pébroque fermé qui lui compose un long panache blanc. Et puis, non, je gagne de l'espace (j'allais dire du terrain, misère !) sur lui. Un coup de périscope sous moi. Le sol, en bas, plus noir que le ciel. Impossible d'évaluer la distance qui me sépare encore de lui. Allons-nous nous écrabouiller Béru et moi avant même d'avoir commencé notre mission ? Vais-je contacter le territoire chinois avec les dents ?

Je continue de vagabonder dans un élément cotonneux. Ça me file sommeil, parole ! Je suis dans la crème Chantilly. Je vous parie ce que vous savez contre ce que vous n'avez pas, mes choutes, que Béru a repris son somme.

Je le vois à faible distance. Un courant d'air vicelard nous écarte. Je vais arriver à sa hauteur. Je rame farouchement pour regagner l'écart. Me voici à la hauteur de son parachute en vrille. Je tends la main. Malédiction ! Il est trop loin. Deux bons mètres nous séparent. Je passe devant le Gros. Je vois à la lumière de la lune son visage gonflé. On dirait un fœtus dans son bocal, Béru. Il a retrouvé sa position de départ. Il est résigné, presque inconscient. A peine sait-il ce qui se prépare. La volupté de la dégringolade annihile ses réactions. Il prend son fade dans cette chute superbe et définitive.

Je gueule. Un cri atroce, terrible. Un cri qui est l'agonie du Gros. Ça y est, je l'ai dépassé, plus lourd que lui j'arriverai le premier sur les pâquerettes si je n'y prends garde. Alors, je lâche la lourde cantoche. Je me sens allégé démesurément, j'ai presque la sensation de faire un bond en hauteur. Je prends un gnon terrible sur le cassis. Miracle ! C'est un talon du Gravos. De quoi assommer un attelage de bœufs. Attention de pas te laisser aller dans le sirop, San-A. Nos deux vies se jouent au mètre et à la fraction de seconde. Je lance mes deux bras et je saisis les jambes du Gros. Premier point. Maintenant, le plus duraille reste à faire. Tout en le tenant solidement de ma main droite, je m'écarte de lui, je décris un arc de cercle afin de libérer mon ventral et j'actionne l'ouverture de celui-ci. Maintenant de deux choses l'une : ou il s'ouvre ou il ne s'ouvre pas. S'il ne s'ouvre pas, il va y avoir dégustation de terre jaune dans moins de pas longtemps. Mais s'il s'ouvre, de deux choses l'une : ou bien il est capable de nous sustenter tous les deux, ou bien il s'avère insuffisant !

J'entends un claquement. Puis je subis une secousse dans les épaules. Je lève des yeux fervents vers le ciel : la blanche corolle d'un parachute me l'intercepte. Celui du Gros n'a pas enrayé l'épanouissement du mien. Bravo, San-Antonio, cela s'appelle de la baraka. J'étreins maintenant Sa Bérurerie à deux bras. Nous voilà enlacés farouchement pour le meilleur et pour le pire. Sa trogne me surplombe légèrement.

— T'as pas de crampe, mec ? me demande-t-il.

Je suis frappé par le calme de sa voix.

— Non, ça ira, fais-je. Mais l'atterrissage risque d'être sévère, because le pébroque n'est pas à deux places.

— Quand on sera à un mètre du sol, t'auras qu'à me larguer, je finira le reste à pied, dit-il.

Croyez-moi si vous voulez, mais j'éclate de rire.

— Replie tes flûtes, Béru, on approche du terminus.

Effectivement, l'horizon s'abaisse lentement. Une plaine inerte se précipite sur nous. Je vois des roches, une herbe pelée.

— C'est là que les matelas Simmons devraient nous prêter leur concours, fait Béru. T'es sûr au moins qu'il n'y a pas de ligne à haute tension dans le secteur ?

— Certain.

— Pas de clocher, pas de paratonnerre ? Déjà que j'aime pas les suppositoires…

— Tout ce qu'on risque, c'est un bath rocher, Gros.

Je n'ai pas le temps d'en dire plus. Le sol est là. Je me mets dans la position recommandée par les manuels.

Béru aussi, qui a senti l'arrivée imminente. Je me

prends un coup formide dans les talons. Il me semble que mes cannes me rentrent dans le buste, comme le trépied à coulisse d'un appareil photo. Je tombe à la renverse et le Gros roule sur moi. Nous sommes submergés par la toile des parachutes. Et puis tout devient merveilleusement solide et immobile. Nous nous dépêtrons de la toile et des suspentes. Nous nous retrouvons assis face à face, un peu terreux, un peu contusionnés sans doute, mais en parfait état de marche.

— Eh bien, dis donc, murmure le Mastar, tu m'as drôlement fait passer mon examen de repêchage ; sans toi, j'allais avoir la silhouette limande !

Il étanche de la manche le sang qui lui pisse des naseaux.

— Ces parachutes, fait-il, on dira ce qu'on voudra, mais c'est pas très au point. T'as vu qu'une de mes ficelles restait accrochée au zinc ? J'eusse pas z'eu mon ya sous la pogne, j'allais ressembler à un sauciflard suspendu au plafond !

— Plutôt à une andouille ! fulminé-je. Tu le savais donc pas que c'était le système commandant l'ouverture de la toile, hé ! ballot ?

Il est penaud.

— Pas la peine de m'houspiller, mec, proteste-t-il. J'ai fait mon service dans les tirailleurs sénégaloches, pas dans les paras !

Je me remets sur mes cannes, je sors une lampe électrique de ma poche et je virgule un signal au zinc qui tournique au-dessus de nous pour l'informer que nous sommes bien arrivés et l'inviter à parachuter le matériel.

— Alors, comme ça, on est en Chine ? s'extasie le Gravos en matant le pourtour et les alentours.

— *Yes*, on est, fais-je. A deux pas du Cachemire pour plus de précision.

Il hoche la tranche.

— Du Cachemire, fait-il, si je savais, j'enverrais un pull à Berthe…

— Je crois pas que ça soit le moment, dis-je sans m'emballer.

Une blanche corolle[1] vient de s'épanouir au-dessus de nous.

On la regarde osciller dans le ciel et descendre majestueusement. Une jeep est suspendue après les ficelles du pébroque, elle tournique lentement et, vue d'en dessous, ses quatre roues semblent toutes bêtes.

— C'est la première fois qu'on me livre une bagnole de cette façon, se marre la Dorure.

— Ça se fait rarement, conviens-je.

— J'espère qu'ils ont pas oublié de joindre la carte grise et la vignette, se tourmente l'Inquiet, m'est avis que les poulardins d'ici doivent chinoiser…

— T'inquiète pas, y aura même l'allume-cigare, gros ; les Amerlocks ont le sens du camping.

On court dans une lande aride, caillouteuse où s'étalent çà et là des plaques d'herbe rêche, afin de se porter sur le point d'atterrissage de la chignole. Elle se pose bien sagement sur ses boudins et disparaît sous le linceul blanc du parachute. Le bruit de l'avion décroît. J'ai alors une brutale notion de notre solitude. Maintenant, c'est râpé, nous voilà coupés de notre univers. Nous appartenons à un monde provisoirement hostile.

— Tu n'as rien perdu, Gros ? Au cours de la descente : tu as tes fafs ?

— *Yes*, monsieur, fait-il en se palpant.

1. Cliché très courant lorsqu'il est question de parachutage dans un article de presse.

— Et pas d'objets compromettants susceptibles de trahir ta véritable nationalité ?

— Tu sais bien qu'on nous a cloqué des fringues en provenance de Berne !

— Montre un peu, exigé-je, malgré ses affirmations.

— On passe à la fouille ! C'est charmant, ricane Sa Majesté en levant les bras. J'ai l'impression que je viens de me faire alpaguer dans une rafle à la *Goutte-d'Or* !

Je fais l'inventaire de ses poches et j'ai la désagréable surprise de mettre la main dans un truc fondant et malodorant. J'extirpe l'objet en question et je découvre qu'il s'agit d'un camembert en pleine pâmoison. Son étiquette indique qu'il arrive de Normandie comme la plupart des camemberts normalement constitués.

— T'es pas louf ! glapis-je.

— Ben quoi, s'insurge le Boulimique, les Suisses clapent du calandos aussi malgré leur gruyère. Seulement eux, ils le bouffent quand il est encore guidé alors que nous autres, on se le paie au moment où qu'il s'abandonne !

Je balance le frometon révélateur, mais Béru s'indigne.

— Espace de vandale ! Un nectar pareil !

Il cavale le ramasser dans la poussière et le déguste séance tenante pendant que je dégage la jeep de sa housse improvisée.

A l'intérieur du véhicule il y a un réservoir de deux cents litres d'essence, une tente et tout un matériel d'alpinisme. De quoi becter aussi. Ces différentes denrées sont unanimement suisses.

Je consulte ma boussole. C'est une boussole truquée dont l'aiguille indique l'Est au lieu d'indiquer le Nord. Lorsque inévitablement nous serons arrêtés, elle contribuera à renforcer nos rôles d'alpinistes égarés.

— En route, Gros !

Il a encore la bouche pleine. Il se la torchonne du coude et grimpe à la place passager.

— Ce coup du camembert, fait-il, ça vient de me doper le mental, gars. J'aurais un petit litron de juliénas à mettre par-dessus, je me sentirais tout à fait Zorro.

Nous partons. La voiture tangote sur les cailloux. A perte de vue ce n'est que caillasse et encore caillasse. Béru lève les yeux et fait de l'œil à la Lune.

— C'est poilant, dit-je, j'ai l'impression qu'on se baguenaude sur la Lune et que c'est la Terre qu'on voit briller tout là-haut !

CHAPITRE QUATRE

— C'est pas folichon, grommelle Sa Majesté au bout d'une heure de tape-séant. Pas étonnant qu'ils veulent s'expanser, les Chinetocks, s'ils ont que la mer de sable d'Ermenonville, en guise de potager ! Où qu'on va au juste ?

— On longe la chaîne du Tibet, renseigné-je.

— Et on la longe pendant combien de temps ?

— Elle mesure plusieurs centaines de kilomètres. Ça le fait bondir, Béru. Il se vrille la tempe d'un index qui a l'habitude de désigner les misères de la vie.

— Et après ? demande-t-il.

— On n'est pas du tout certain d'avoir un après.

Il gamberge un moment, le passe-montagne bas sur la vitrine car la nuit est froide comme une dame patronnesse. Puis il renifle puissamment afin d'éviter la formation de stalactites et demande :

— Bon, on est venu ici pour repérer une base ; seulement la Chine, c'est grand à ce que je m'ai laissé dire, non ?

— Environ vingt fois la France, Gros.

Il relève sa visière de laine.

— Et t'as la prétention d'arpenter le patelin jusqu'à

ce que tu trouves la base en question ? Compliments ! Je file un coup de patin qui envoie le naze de Sa Majesté dans le pare-brise.

— Dites donc, Illustre Bérurier, fulminé-je, cette prétention, c'est vous qui l'avez émise, ce me semble ! Ça le mortifie, mais mon argument est sans réplique.

— J'étais naze, plaide-t-il.

— Ce qui ne fait qu'aggraver votre cas, mon cher.

— Tu dois bien avoir un plan, soupire le Réprimandé.

— Crois-tu ?

— T'en as toujours un en réserve, mec. J'ai jamais vu un type que les cellules grises fourmillent autant. Et, les tiennes, elles font pas la colle comme le caviar.

— Ne me faites pas la lèche, Bérurier, je vous prie. Ce sont là de basses manœuvres que je réprouve !

— T'as fini de me vouvoyer ! proteste le Piteux. Après cette séance de vol plané, j'ai pas envie de te servir de puchinge-balle, tu sais ?

Je lui souris parce que c'est plus fort que moi. Il y a toujours un moment où l'on est obligé de sourire à Béru. On a beau tenter de garder son sérieux, ça part. On pouffe !

— A quoi pensais-tu, Gros, tandis que tu vagagondais dans l'espace ?

— A toi, dit-il gravement. Je t'attendais.

Sidéré, j'essaie de lire son expression sous la visière du passe-montagne. Il galèje ou quoi, le Gros ? Il me file un coup de brosse à reluire ou s'il m'oint la vanité d'huile d'amande douce ? Pourtant non, sa bouille si pénétrable reste calme, grave, sereine.

— Comment ça, tu m'attendais ?

— Je me disais que t'allais sûrement tenter quèque chose pour me récupérer, que c'est impossible que j'aille me goinfrer de pissenlits avec toi au-dessus de moi ! J'avais confiance, quoi !

Cher Béru, comme l'existence est réelle pour lui ! Comme elle est solide pour cet homme dépourvu de toute angoisse métaphysique !

— T'as pas répondu à ma question, San-A. Quel est ton plan ?

Je pianote mon volant. L'air est frais. Et le silence entier de la nature éteinte me siffle aux oreilles comme le mistral dans une coquille de bigorneau.

— Les Services Secrets amerlocks ont la certitude que la base en question se trouve dans le Turkestan oriental.

— C'est loin, ce machin ?

— Nous y sommes, Gros.

Béru file un coup de saveur hautement réprobateur sur le désert de rocaille qui nous entoure.

— Je préfère les Pyrénées-Orientales, soupire-t-il, c'est plus joyce.

Puis, redevenant professionnel :

— Et pourquoi les Ricains supposent-ils ça, gars ?

— La province de Sin Kiang où nous nous trouvons est un désert quasi absolu, par conséquent elle est propice à toutes les expériences nucléaires et à l'établissement des bases de lancement. De plus, c'est après y avoir pénétré que tous les agents ont disparu.

— Et alors ?

— L'avantage d'un désert, gars, c'est que tout ce qui n'est pas le désert s'y remarque. En admettant que la chance soit avec nous…

Béru acquiesce.

— Si elle y serait pas, fait-il, en ce moment j'aurais la bouille déguisée en bouse de vache !

Nous repartons dans la nuit froide.

*
* *

Ça ne roule pas vite vu que nous nous déplaçons non pas sur une route ou même une piste, mais dans une immensité caillouteuse. Par instants, malgré la clarté lunaire, je heurte de gros blocs qui meurtrissent durement la calandre de la jeep.

— Tu crois pas qu'on ferait mieux d'attendre le jour ? suggère Sa Majesté. On va finir par démolir la charrette. J'en conviens. Je stoppe donc et nous nous enveloppons dans deux couvertures fourrées. Le froid est vif, mais ce qui m'incommode le plus c'est ce silence inhumain, sidéral. Un silence qui a la pureté de l'acier. Il est vite interrompu par les ronflements du Gravos. Le sommeil, c'est son arme secrète *number one* au Béru. Dès qu'il ne fait rien il pionce, alors, fatalement, il recharge la batterie en permanence. Sa dynamo est toujours alimentée et maintient son équilibre psychique.

Malgré tout je finis par m'endormir. Ce valdingue dans les espaces m'a durement meurtri la nervouze. J'en écrase donc, pelotonné sur la banquette avant de la jeep, contre mon tas de couenneries béruréennes. Vous nous imaginez, tous les deux, perdus dans cette immensité, mes toutes ? Ça ne vous fait pas frissonner, cette image, hein, dites voir ? Elle vous met en scope sur écran large. Le désert de Sin Kiang, blafard sous la lune. Et là-bas, tout là-bas, à peine perceptible à travers les rochers, la pauvre petite Jeep du San-A. et de Son Enflure, avec eux deux dormant à l'intérieur sous le regard des étoiles. Les choses, voyez-vous, faut toujours les regarder de haut, de loin. Plus on les voit minuscules, plus elles vous touchent. C'est la petitesse qui provoque l'émotion.

Vous chialez un petit coup ? O.K., merci, ça fait plaisir de recueillir des larmes au passage.

Donc nous pionçons de conserve, comme on dit chez Olida, lorsqu'un bruit curieux m'éveille. Chose curieuse, il a réveillé également le Gravos, lequel pourtant dormirait dans un stand de tir. On se regarde en clappant des muqueuses.

— Qu'est-ce que c'est ? grommelle l'Infâme.

Je m'apprête à lui répondre évasivement lorsque le bruit se renouvelle, très présent. Un bruit qui vous file du court-jus dans la moelle. C'est un hurlement prolongé, aigu, terrible. Il fait mal partout : aux oreilles, aux nerfs, à la viandasse. Il vous coupe le souffle, vous bloque les éponges, vous recroqueville les radis, vous défrise les poils, vous ride le mamelon et vous déguise coquette en tirette de chasse d'eau.

— Y a un clébard qu'a perdu papa dans le secteur ! murmure le Gros.

Je fronce le nez.

— Tu rigoles, c'est pas un chien qui vient de pousser ces vocalises !

— C'est quoi t'est-ce alors ?

Le même hurlement recommence, mais multiplié par dix. C'est insoutenable dans ce désert.

— Les loups…, je murmure.

— Des loups ? reprend en écho le Mastar. Tu débloques…

— Ils radinent du Tibet. Ils nous ont flairés, gars ; m'est avis qu'on ferait bien de les mettre…

— Tu crois qu'ils nous attaqueraient ? doute Béru. Je secoue les épaules.

— Tu te figures qu'ils arrivent pour nous demander la marque de notre bagnole ?

Vite je me dégage de la couvrante. J'ai froid en

dedans. Je claque des ratiches comme ce lion qui s'était farci un missionnaire dont la soutane sortait de l'antimite.

— Je les vois ! bredouille l'Hénorme.

Il me désigne sur la droite une quantité de petits points lumineux qui se déplacent. Ce sont les yeux des fauves.

— On a des flingues, je suppose ? halète Sa Majesté.

— Regarde à l'arrière !

Il s'agenouille sur la banquette et se met à farfouiller fiévreusement dans le matériel. Les points lumineux se rapprochent. Les hurlements se précipitent, de plus en plus présents.

— Dégrouille-toi ! l'exhorté-je.

Il fulmine.

— Cause-moi z'en de tes Ricains ! Pas la moindre Thompson, pas même un vieux Lebel ou un Eurêka ! Rien !

— Les armes se trouvaient dans la cantine que j'ai larguée en cours de parachutage, dis-je en embrayant.

Je démarre mollo car les roches sont de plus en plus grosses et abondantes dans ce coin. Je me livre à un gymkhana incroyable pour éviter les plus gros parpaings, mais ça tambourine ferme et les cailloux criblent durement la carrosserie de notre véhicule. Sa Majesté, qui est restée agenouillée sur la banquette, m'invite à presser le mouvement.

— Fissa, mec ! Fissa ! V'là les toutous qui déclenchent leur grande offensive de printemps…

Effectivement, depuis que j'ai démarré, la horde s'est décidée à donner l'assaut.

— Ils sont une floppée, annonce le parfait commentateur, au moins une vingtaine, et qui foncent comme des lévriers, ces carnes !

Les hurlements ont fait place à des espèces de glapissements de hyènes. On a raison de dire qu'où il y a de la hyène y a pas de plaisir[1].

— Manie-toi la rondelle, tonnerre de Brest ! beugle le Mugissant munificent, les bestiaux nous rattrapent !

Il en a de bonnes, Béru.

— Tu te figures qu'on roule sur l'autoroute du Sud, eh, crème de gland !

Dès que j'accélère et que l'aiguille marque trente à l'heure, la jeep paraît se déguiser en charrue, son capot fendant un univers de pierraille.

Sans armes et sans le secours de la vitesse, je ne vois guère comment on pourra se tirer de cette impasse. Lorsque les grands méchants loups nous auront rejoints, ils nous mettront en pièces en trois coups de dentier.

— Ils sont maigres comme des lévriers, remarque Béru, tu parles qu'ils doivent avoir la dent creuse qui les taquine. J'ai beau être du genre mahousse, y en n'aura pas pour tout le monde avec l'appétit que je leur devine. Ah ! y z'ont pas besoin de Quintonine, je te le dis... Leurs ratiches brillent comme des diams, c'est féerique !

— Pas le moment de tartiner dans le sublime, Gros, on n'est pas à l'Odéon.

La tranquillité de Sa Majesté, une fois encore, ne se dément pas.

— En v'là un qui allonge mieux que les autres ! fait-il. C'est le Jazy du lot ! Il gagne vachement du terrain ! Oh ! cette foulée, Monseigneur ! On lui voit les cerceaux ! T'es certain de ne pas pouvoir ajouter de la gomme ?

1. Cette notation est uniquement destinée à em... les pisse-chagrin.

— Si j'en remets on risque d'emplâtrer un rocher et que la jeep s'asseye en tailleur !

— Allez, cocher ! hurle le Mastar à l'adresse du vilain loup ! A la niche tout de suite ! Bon Dieu qu'il est grand, ceux du Zoo de Vincennes, à côté de lui, c'est des loulous de Pommes et radis !

Béru saisit une pelle de camping et la brandit, prêt à affronter l'assaut du fauve. Effectivement le loup, dans une détente prodigieuse, bondit à l'intérieur de la jeep.

Floc ! d'un coup de pelle, le Gros lui fracasse la tête avant qu'ils aient eu le temps de faire plus ample connaissance.

Je sais pas si vous avez lu Jack London ? Moi si (et je l'ai même plagié quand j'étais môme, tellement je l'admirais). Si vous l'avez bouquiné, vous devez savoir que les loups bouffent les cadavres de leurs congénères. Fort de cet enseignement, je crie à mon camarade de balancer la carcasse du loup mort hors de l'auto afin de freiner l'élan de la horde. Il obéit.

— Des clous ! désappointe-t-il, ces carnes préfèrent se cogner du Bérurier sur canapé, tu penses !

Je traite in petto Jack London de peigne-zizi, mais c'est pourtant à lui que je refais appel pour essayer un nouveau remède.

— J'ai aperçu un tuyau de caoutchouc tout à l'heure, dans la guinde, Gros. Plonge-le dans la réserve d'essence et laisse couler à l'extérieur.

— Pourquoi, tu penses qu'ils marchent au super ?

— Paraît qu'ils ont peur du feu !

— Vu !

Il s'active vilain cependant que je m'efforce d'accélérer encore. Béru aspire, suffoque, crache, fait des « bouha bouha » caverneux et oriente le jet d'essence brusquement obtenu hors de la jeep.

— Donne-moi une allumette ! demande-t-il.

Tenant mon volant d'une paluche, j'explore ma vague de l'autre. Je déniche une boîte d'alloufs, j'en extrais une, la gratte hâtivement et attends pour la donner à mon ami qu'elle soit bien prise. Béru se penche et jette la petite flamme sur la traînée d'essence qu'il vient de tracer dans la caillasse.

Une gigantesque barrière de feu fulgure soudain dans le désert.

— Dix sur dix ! clame le Triomphant ! Comment que ça leur a coupé la chique !

Il n'a pas le temps d'en dire davantage. Brusquement nous sommes environnés de feu. Une détonation formidable retentit, qui fait faire une embardée à la jeep. Ça me précipite dans mon pare-brise. Béru, quant à lui, est tombé de l'auto, soufflé par la déflagration. Je perds les pédales, le moteur cale ! Je m'aperçois que je suis en flammes comme un baril de gnole dans lequel on vient de jeter un mégot. Mes fringues crament mochement. Je me jette hors de la voiture afin de me rouler sur le sol. J'arrive à éteindre mon sinistre personnel avant que la viande se consume. Pour ne rien vous cacher, mes chéries, je suis plus bouclé qu'un goret sur l'étal du charcutier. Du reste, bien qu'étant extrêmement soigné de ma personne, je renifle le cochon brûlé. J'ai eu chaud aux plumes, je n'ai plus de poils, plus de cils, plus de sourcils. Mes pognes sont noirâtres, mes vêtements noircis, déchiquetés me pendent des endosses comme les hardes d'un épouvantail. Je me mets à genoux pour regarder flamber la jeep et son contenu. Ça donne un gigantesque brasier qui dégage une chaleur infernale. C'est beau. On voit brûler les banquettes, se tordre les tôles. Ça crépite. Ça illumine ! La carcasse de jeep est comme illuminée.

Elle rougeoie, orangoie, jaunoie. Ça fait un bruit de pommes sur le feu et de pluie sur la braise.

— Béru ! appelé-je. Où es-tu ?

— Par ici ! me répond l'organe du pyromane.

Je me relève, tout flageolant. D'un pas titubant je contourne le brasier pour rejoindre Sa Majesté. Il est dans le même état que moi, le Chérubin. Il lui reste un morceau de pantalon pas fréquentable, et un lambeau de chemise par-dessus son merveilleux tricot de corps à grille. Il est noir comme un chaudron et encore plus roussi que moi.

— Tu parles d'un feu d'artifice ! bredouille-t-il en se palpant les cloques. J'ai cru que j'allais éternuer ma cervelle !

Je lui file un regard tellement méprisant qu'il achève de le boucler.

— Le monde est plein de patates, Béru, lui dis-je, mais des manches de ton espèce, je crois pourtant que c'est introuvable !

— J'ai oublié de relever le tuyau en jetant l'allumette, convient l'Effroyable. Je pensais pas que le feu allait remonter dans la nourrice…

On regarde le brasier dont l'intensité diminue progressivement. Il n'y aura rien de récupérable dans ce tas de ferrailles tordues par la chaleur.

— En tout cas, soupire mon crétin de village, les loups ont mis les adjas, c'est toujours ça !

— Ça n'est pas le feu qui les a effrayés, mais ta bêtise, gros. Ils ont dû se dire qu'une truffe pareille pouvait pas être comestible.

— Oh ! moque-toi pas, San-A., s'insurge Ma Douleur, c'est pas le moment…

Je dois admettre que la situation est critique, en effet. Nous voici perdus dans le gigantesque désert de cailloux du Sin Kiang, sans moyen de locomotion, sans matériel, sans vivres, sans papiers d'identité (ils ont brûlé) et avec presque rien sur le dos. Notre boussole est morte ! Nos couvertures n'existent plus. Nous voici dépouillés jusqu'à l'os. Nous n'avons même plus de poils occultes.

— Quoi t'est-ce qu'on fait ? demande Béru au bout d'un long et silencieux désenchantement.

— On va finir la noye auprès de l'épave de la jeep, ça nous tiendra chaud. Et puis au petit jour on avisera !
Aussitôt dit aussitôt fait. On s'allonge sur les pierres, à quelques mètres du brasier qui lentement agonise.

CHAPITRE CINQ

Vaille que vaille, je finis par m'endormir. Il est des moments dans la vie où, saturée d'émotions et de fatigue, celle-ci perd toute réalité. On se fout du lendemain (et des jours suivants). On se contente de plonger au sein de son épuisement, de sa détresse et de s'y blottir comme Job sur un tas de fumelard.

A travers mon sommeil j'ai conscience du froid qui rôde et des décombres calcinés de notre matériel, mais cela m'indiffère. Tout m'indiffère : le Vieux, la Chine, la Base, et même la mort.

Un rire pâmé me réveille. Des gloussements plutôt qu'un véritable rire. C'est le Béru qui les émet. Il se tortille sur les cailloux comme une anguille dans de la friture.

— Arrête ! pouffe-t-il. Arrête, je peux plus !

Je me soulève. Il fait jour. Un soleil rouge comme sur le drapeau japonais monte de l'horizon pelé. Je découvre alors un petit bélier à tête noire couché à nos pieds. Il lèche d'une langue aussi râpeuse que voluptueuse un pied du Gros. Faut vraiment venir au Tibet pour voir ça, les gars ! Je ne pensais pas que ça soit réalisable un tel exploit. Ils sont d'une forte constitution les moutons chinois, ou alors vicieux à bloc ! Le Gravos continue de se trémousser, de glousser, de se pâmer. Il récupère enfin ses targettes et se rechausse, privant ainsi le bélier de sa friandise.

— Oh ! le fripon ! halète-t-il en s'apaisant. Tu parles d'un réveil ! Dans mon rêve je croyais que c'était Berthe qui jouait les mutines.

— Je me demande d'où sort cet animal, réfléchis-je en me levant.

De jour, le désert est encore plus angoissant qu'à la lumière de la lune. A perte de vue, ce n'est que roches grises et plaques d'herbe galeuse, sauf au sud où se dresse, formidable, la chaîne du Tibet.

Le mouton pousse un bêlement nostalgique et hume les souliers du Mastar avec obstination. Puis, comprenant qu'on lui a, pour un temps du moins, dérobé ce nectar, il regarde Bérurier de ses grands yeux verdâtres à la pupille rectangulaire.

— Tu trouves pas qu'il ressemble à Pinaud ? demande l'Affreux. Les yeux surtout ! Et puis il a sa voix !

— J'espère en tout cas qu'il est plus comestible que la vieillasse !

— Pourquoi tu dis ça ?

— Parce que j'adore le mouton et que nous n'avons rien à nous mettre sous la dent en dehors de lui. C'est la Providence qui nous l'envoie ; tu devrais le caresser pendant que je vais chercher de quoi lui faire sa fête !

Je m'approche de la jeep calcinée. Rien n'est plus triste qu'un lendemain d'incendie. Tout est noir, défiguré, perdu, hostile. Le feu a réellement tout ravagé. Il a fait perdre aux objets leur destination. Il les a restitués à l'inemployable matière. Les débris sont encore tièdes. Je les écarte avec le pied et je finis par dénicher un couteau de chasse. Le manche de corne a brûlé, mais la lame est restée à peu près intacte.

— On va le saigner avec ça ! dis-je à mon ami. Lors, Béru lève jusqu'à moi un regard globuleux, lourd de reproches.

— Qui ça « on » ? fait-il.

J'en reste baba.

— Ben, toi, pardine. La boucherie ne serait-elle plus ton violon d'Ingres ?

Il flatte la barbiche du bélier et secoue la tête.

— Compte pas sur moi pour suriner cette bête, San-A. J'aurais pas le courage après sa gentillesse à mon égard.

— Tu n'as donc pas faim ? m'étonné-je.

— Si, reconnaît gravement le naufragé du désert, j'ai faim. Et je boufferais un carré de mouton à moi tout seul si tu veux le savoir, mais pas le carré d'un mouton aussi gentil.

Il regarde l'animal docile et ajoute en lui tapotant les cornes en connaisseur :

— Il est sympa. Etre venu en plein désert pour me lécher les salsifis, avoue que c'est délicat comme attention ! T'en trouverais beaucoup des gens qui feraient ça ?

— Je ne le pense pas, conviens-je avec un maximum de sincérité.

— Tu vois !

Il réfléchit un moment et déclare :

— Il vient d'un endroit où qu'il y en a d'autres, fatalement. Ces animaux vivent en troupeau. Suffit donc de le renvoyer dans ses foyers et de lui filer le train pour qu'il nous conduise jusqu'à ses frangins. Alors là, pour le coup, je dis pas que je m'offrirais pas un petit méchouibe…

Il pourlèche laborieusement ses lèvres craquelées.

— Non, je dis pas, ajoute-t-il.

Je mets la main sur l'épaule du Gravos.

— Ce que tu es déconcertant, Bonhomme-la-Lune. Tantôt tu commets la plus monstrueuses des bévues, et tantôt tu raisonnes comme un tambour. En effet, c'est ce digne mouton qui va nous guider vers la bectance.

— Le hic, c'est qu'il veut plus me larguer ! déplore Bérurier, flatté néanmoins par cette passion qu'il inspire.

— Je vais lui savater les noix !

Un coup de pompe bien appliqué fait bêler notre gentil compagnon. Il se tourne vers moi et, brusquement, me charge. Je prends son coup de boule en plein baquet. Je culbute dans la poussière, le souffle coupé.

— Allons, allons, Cyprien ! morigène le Gros, laisse mon ami.

Mais il n'y a pas plus teigneux que ce mouton Ti bê bê tin. Le v'là qui remet ça avec vigueur.

C'est la présence d'esprit de Béru qui me sauve la mise. Promptement il pose sa godasse gauche, réoffrant son panard non désodorisé aux facultés olfactives et gustatives du mouton. L'animal oublie sa rancœur pour s'abandonner à des délices que je suis loin de pouvoir lui assurer. Tout rentre dans l'ordre.

— Ecoute, décide Béru, après s'être payé une nouvelle séance de rifouille chatouilleuse, il me vient une idée…

— Encore ! m'émerveillé-je.

— *Yes*, monsieur. Cyprien n'a pas traversé le désert pour venir me grumer les arpions. Donc son cantonnement ne doit pas être éloigné.

— En effet.

— Pour le moment, il est tellement envapé par mes pinceaux que si je me mets en marche, il me suivra…

— Les yeux fermés, renchéris-je.

— Ce qu'il faut, c'est attendre qu'il ait les crocs. A ce moment-là, il retournera d'où il vient et on n'aura qu'à le suivre, *yes* ou non ?

— En effet. J'espère toutefois qu'il n'a pas une autonomie de plusieurs jours.

— Tu le prends pour un chameau !

Nous nous asseyons en tailleur. Le soleil prend de l'altitude et se met à nous cogner sur la cocarde. Avec des lambeaux de nos hardes, nous nous confectionnons de sommaires couvre-buts et nous attendons.

— Si au moins ce mouton était une brebis, on pourrait la traire, regrette le Gros. Mais avec cette paire de corne en coquille d'escargot, c'est même pas la peine de lui explorer le sous-sol !

Le quartz des roches scintille dans la dure lumière. La poussière devient plus blanche, le ciel plus bleu, plus aveuglant.

— Quand tu me racontais que la Chine est le patelin le plus peuplé du monde, j'ai idée que tu me chambrais un peu, murmure Béru en contemplant la désespérante solitude ambiante.

« A part Cyprien et les loups de cette nuit on n'a pas rencontré grand monde, reconnais ! »

Sa réflexion déclenche mon petit mécanisme intérieur. C'est tout de même bizarre de trouver au même endroit des loups affamés et des moutons perdus, vous ne pensez pas, mes petites chéries, vous qui avez de la jugeote, plein les tiroirs de vos slips ? Y a que dans les fables de La Fontaine qu'on trouve les loups et les agneaux réunis. Ce bélier n'a pas pu parcourir des dizaines de kilomètres dans une région désertique infestée de loups. Or j'ai beau regarder autour de moi, en me grimpant sur les épaules pour y voir plus loin, je n'aperçois que des roches, des roches et encore des roches. Alors ?

Cyprien (puisque ainsi il a été spontanément baptisé par Béru) demeure immobile sur ses quatre pattes (ça n'est pas un mouton à cinq pattes, il est resté simple). Son regard est à la fois morne et sardonique. Il fixe le Gros d'une façon gênante, avec parfois un léger frémissement d'oreilles.

Du temps passe. J'ai chaud. Je suis abasourdi comme l'été sur une plage, à l'heure de la sieste. Je songe à l'incohérence de tout cela. La folle mission, le parachutage mouvementé, les loups, la jeep en flammes et nous deux presque nus avec notre mouton dans le désert de Sin Kiang ! C'est du pas banal, hein ? Ah ! je sens que je n'ai pas fini de vous étonner. Avec San-A., il faut vous attendre à tout, mes trésors. Bien se laisser aller surtout. Si trop cartésiens, s'abstenir !

Le mouton se met à bêler sombrement, un grand coup pareil à un rot. Notre immobilisme le déconcerte. Il nous désapprouve à bloc, Cyprien. Il commence par nous prendre pour deux panosses et se demande s'il va longtemps encore rester en ménage avec le Gros.

Ça lui paraît nettement effarant deux glandochards comme nous. Dans sa petite cervelle de mouton (meunière de préférence) il remue des choses pas gentilles à notre endroit, et même à notre envers. Il rumine des maléfices, le bélier chinois. Il remue la tête aussi, avec l'air de se demander ce qui lui a pris de lier son destin au nôtre. Et puis brusquement, après avoir grattouillé le sol du bout du pied, le v'là qui s'éloigne de nous, la tête basse, le bout de queue en lacet effiloché. Ses cornes roulées lui font un casque de téléphoniste. Il se retourne une fois, tenté par les effluves béruréens, semblant se demander s'il va pas s'offrir une dernière séance de lèche-nougats avant de gerber ; mais non, il est écœuré, Cyprien.

— En route ! décide le Gros.

Je suis perplexe, ce qui, à tout prendre, vaut mieux que d'être poitrinaire. En effet, au lieu de se diriger en direction du Tibet, le mouton pique droit sur l'immensité désertique.

Là où il va, ça m'étonnerait qu'on trouve de la végétation avant un bon millier de kilomètres. Et nous, Panurge en diable, v'là qu'on lui file le train, docilement, à cette bestiole. C'est le monde renversé, non ? (Les hommes derrières les moutons.) Image allégorique, les gars ! Le peuple souverain s'avance derrière le bélier kif kif la nouba des ci-devant tirailleurs marocains.

On devient ovins, le Gros et moi. On adopte la démarche pantelante du mouton, son dodelinement de tête. On trébuche comme sa pomme sur les gadins. On bêle presque.

De temps en temps je me retourne pour mesurer le chemin parcouru. Notre seul repère est constitué par l'épave de la jeep. Ça devient un tas noirâtre qui s'amenuise. La chaleur forme une buée tremblante qui frémit au ras du sol. Le soleil bouffe tout et comble l'univers.

Au bout d'un certain temps la jeep a disparu. On marche en chancelant. On a la bouche en feu, la peau qui nous brûle… Parfois, Cyprien pousse un petit bêlement funèbre. Il ne fait plus bê, mais bheû, et puis bhâaa. Néanmoins, il continue d'aller dans le désert farouche.

— Et si il se foutait le doigt dans l'œil, ce con-là ? hypothèse Béru.

— Je commence à croire que son sens de l'orientation est en défaut, soupiré-je en m'essuyant le front d'un revers de bras. On est un peu léger de se confier à un mouton.

Béru refoule nos doutes d'un puissant branlement de tronche.

— Je persiste à croire qu'il nous mène au bon endroit, affirme-t-il. Vise-le, il marche comme un qui saurait où qu'il va. Non, crois-moi, San-A., y a des instants où les plus vastes intelligences doivent s'en remettre à l'instinct animal.

— Te compterais-tu parmi les vastes intelligences, Gros ?

Il ne répond pas et marche. Devant nous, comme derrière nous, à perte de vue c'est la solitude, le soleil, le sol lunaire.

J'ai le regret qui me point. J'évoque des images… Saint-Germain-des-Prés, ses terrasses de cafés pleins d'étudiants et de demis de bière sans faux col. Je vois la place de Furstenberg, là devant moi… Avec ses arbres, ses lampadaires, toute sa fraîcheur et son romantisme. La plus belle place du monde, si peu connue pourtant. Oui, Furstenberg c'est quelque chose. Ses immeubles gris, ventrus, son silence…

Le bide du Gros fait des glouglous sévères, de plus en plus caverneux. On dirait qu'on joue à la pétanque dans les catacombes.

— Je m'épuise à vue d'œil, murmure-t-il en s'arrêtant. Qu'est-ce que tu dirais d'un coup de Muscadet bien frappé, San-A. ?

— Si c'est ta tournée je suis d'accord.

Cyprien, troublé par notre halte, s'arrête également et nous défrime de son œil sévère. Il dit que nous sommes deux « bê bê » et redémarre.

— Je crois bien que je vais passer à travers l'outre de ma sympathie pour lui, affirme le Gros, fasciné par la croupe de l'ovin plus qu'il ne le serait par celle d'une stripteaseuse. T'as gardé le couteau, j'espère ?

— Je !

— Bravo. Je lui donne encore une heure de battement à ce bon bélier et ensuite, que veux-tu, j'y fais sa joie de vivre. Ça l'apprendra à nous trimbaler au diable du veau vert !

Il repart et déclare :

— Je me paierais bien une bonne rasade de sang chaud pour me reconstituer les vitamines !

Nous poursuivons notre route pendant une bonne heure. La chaleur est telle que nous devons perdre cent grammes à chaque pas. Le délai accordé au mouton étant expiré, Béru décide que notre guide à quatre pattes va faire de même.

— Cette fois, décide-t-il, on lui a accordé le maximum. Passe-moi le ya.

Je lui tends le couteau. Béru tâte la lame d'un pouce expert, hoche la tête et se met à l'affûter sur une pierre. Il tente de cracher sur la meule improvisée, mais sa salive cotonneuse ne vient pas.

Cyprien a-t-il compris quel sombre attentat se trame ? Probablement ! Toujours est-il que, retrouvant un regain d'énergie, il se met à déguerpir ventre à terre.

On lui fait un brin de courette, en vain !

Béru a beau se déchausser et agiter les radis, lancer des « petit-petit, viens faire la bise au tonton Béru », sur un ton engageant de papa gâteau, l'animal redouble de vitesse. Au bout de quelques centaines de mètres nous lâchons prise.

— Voilà le déjeuner parti, dis-je lugubrement. Si tu m'avais écouté ce matin, au lieu de jouer les amis des bêtes, on aurait l'estomac colmaté.

Il ne répond rien et me rend le couteau.

— Si jamais on trouve un bureau de poste, dit-il, je télégraphie ma démission au Vieux et on rentre. J'en ai ma claque de ce patelin.

Je lui chope le bras.

— Regarde !

— Quoi t'est-ce que ?

— Là-bas !

Mon index investigateur désigne un immense nuage blanc sur la droite. Il monte très haut dans le ciel et sur une distance assez longue.

— Un incendie ? demande le Mastar.

— Non, il s'agit d'un nuage de poussière.

— Ça serait pas un mirage, des fois ? Souviens-toi quand on draguait au Moyen-Norient[1], on se voyait des zoisis délicats, avec bar climatisé, balancelles de jardin et tout.

— Ta bouche, Bébéru !

Il se tait, étonné. Je m'allonge par terre et je planque mon oreille à même le sol.

— Tu joues les Indiens commak ! ricane l'Obèse, Œil de Faux Con sur le sentier de la guerre ! C'est les frelots au Visage-Pâle qui radinent pour se faire faire un calumet ?

— Tu la fermes, oui, crétin !

Je perçois un sourd grondement. La terre est parcou-

1. Voir *Bérurier au sérail*.

rue d'une sorte d'intense frisson qui vient mourir dans mon oreille. C'est ample, c'est violent, ça secoue !

— Je sais pas si je me fais des berlus, mais y semblerait que ça se déplaçasse, annonce Sa Majesté.

Je me lève et regarde.

— En effet, conviens-je, ça se déplace, et même mieux : ça se dirige vers nous !

— Qu'est-ce qu'on fait ?

Je bigle les environs.

— Faudrait se planquer jusqu'à plus ample informé.

— T'en as de savoureuses, gars, puisque justement on cherchait de la société…

— Avant d'affronter cette dernière, il faut voir à qui on a affaire ! Aide-moi, on va aménager un abri avec des roches, histoire de se planquer.

Nous nous mettons au tapin séance tenante et constituons deux petits refuges distants l'un de l'autre d'une dizaine de mètres. Planqués sous ces pierres plates, nous sommes invisibles, j'en fais la démonstration au Gros.

Là-bas, le nuage grandit, le bruit aussi qui devient très vite un énorme bourdonnement.

— Qu'est-ce qu'il peut s'agir ? demande le Gros dans ce langage impropre qui pourtant lui est propre.

J'ai beau écarquiller les châsses, je ne pige pas. On dirait une énorme caravane. Je distingue des volumes jaunes… Un fourmillement monstre. Il faut attendre. La caravane en question se rapproche et, par conséquent, se précise.

— Que d'hommes, que d'hommes ! macmahonise Bérurier. C'est un métinge ou quoi ?

— Dans ce coin ça me paraît douteux.

On essaye de mater à fond, à s'en faire jaillir les carreaux. Il y a là des milliers d'hommes vêtus de bleu. Ils grouillent autour d'énormes choses jaunes. Ça zonzonne, ça bourdonne, ça gronde, ça hurle, ça glapit, ça chinoise.

Et ça continue d'avancer.

— J'ai pigé ! clame le Frénétique.

— Dis voir ? hasardé-je.

— Ils font une route !

Ça me frappe. Je pense que le Gravos a vu juste. Effectivement, les immenses trucs jaunes sont des machines ultramodernes. S'ils avaient disposé de ce matériel perfectionné au moment où ils bâtissaient leur Grande Muraille, les Chinois, on les aurait jamais plus revus, tellement qu'ils l'auraient édifié haut et large leur mur.

— Tu parles d'une main-d'œuvre, bée Béru-bébé-rose.

La cohorte, le cortège, la caravane, la ce-que-vous-voudrez avance à au moins quatre-vingts à l'heure. C'est bath à observer un turbin pareil. On s'en rend compte tout de suite que le péril jaune en la demeure, c'est pas du bluff, de l'invention journaleuse, mais que ça existe pour de bon.

— C'est pas une route, mais une autoroute qu'ils tracent, précisé-je.

— Du train où que ça marche, ils l'auront vite raccordée au tronçon Normandie-Niemen, prophétise le divin sac à vin devin.

Maintenant, c'est net, on voit distinctement. C'est une autoroute à seize voies qu'ils fabriquent, les rizoto's men. Et, croyez-moi si ça vous chante, ou sinon allez vous faire éplucher la prostate, mais ils ne se contentent pas de la tracer. ILS LA FONT ! Parfaitement, à quatre-vingts à l'heure, cette voie magistrale fend le désert du Sin Kiang. Quelle organisation, ma doué ! Chacun n'a qu'un geste à faire, mais ce geste multiplié par dix ou quinze mille (j'ai pas le temps de compter les jambes et de diviser par deux, faut que j'approximationne) donne le résultat que je vous cause. Les machines haletantes, aux tentacules monstrueuses, fouillent le sol, l'éventrent, le malaxent, le fouettent, le tamisent, l'étalent, le tassent, le déguisent, le boulevardent, le goudronnent, l'haussmannent. Féerique ! On s'accroupit devant ses abris pour regarder sans être vus. Il en trouve assez de salive pour baver, le Béru.

— Tu parles d'un chantier ! murmure-t-il. Faut le voir pour y croire. Quand je raconterai ça aux aminches ils diront que mon cervelet donne de la bande, et pourtant… Oui, pourtant !

Devant, il y a une chenillette avec le drapeau chinois. Elle est suivie de deux autres séparées par une barre en bois de cent deux mètres vingt-six destinée à maintenir un parfait écart entre les deux véhicules. Ces derniers pratiquent un tracé à la peinture. Le gros des troupes et des engins passe alors. Et c'est le miracle de la technique et du nombre, mes fils ! Au fur et à mesure du déplacement, l'autoroute se dévide, comme on déroulerait un tapis sur le parvis de Notre-Dame. Un mètre avant le passage de la caravane, c'est le désert caillouteux, inégal, mamelonné. Un mètre après, c'est l'autoroute, luisante au soleil comme une pierre noire. Lisse, balisée, divisée par une plate-forme médiane planté de fu-zin[1].

L'autoroute avec ses raies jaunes, continues ou intermittentes. Avec ses zones de parking, ses bordures de ciment, ses postes téléphoniques, ses panneaux de signalisation… Un camion suit le rush des machines créatrices. Il dévide un large ruban aux couleurs chinoises.

1. Plante chinoise à feuilles caduques.

Alors, fermant la marche, voici une voiture décapotable de marque chinoise (Peû-jo) dans laquelle se tient un officiel de permanence. Il est debout à l'avant. Nanti de forts ciseaux, il fend le ruban dans le sens de la longueur, car c'est lui qui est chargé d'inaugurer l'autoroute. Vu la promptitude des travaux, au lieu de couper le ruban dans le sens de la largeur, il le coupe dans celui de la longueur. C'est lui qui a la tâche la plus hardue, car il est difficile de partager un ruban par le milieu à quatre-vingts à l'heure. Il a beau avoir de longs ciseaux dûment affûtés, il peine, il sue, il s'escrime, il escrime, il coupe, superbe dans son bleu de travail officiel, avec sa magnifique casquette de toile. Parfois, sa bagnole prend du retard sur la cohorte. Alors un autre dignitaire du régime, placé derrière l'inaugurateur, tient les deux morceaux de ruban tirés ; l'inaugurateur garde ses ciseaux ouverts et le chauffeur champignonne un bon coup, ce qui permet, l'officier ne cisaillant plus, de partager le ruban comme un drapier partage du drap.

Depuis un moment, notre mouton nous a lâchés pour courir vers les autoroutiers. Un berger de quart le saisit et le place dans un camion à claire-voie déjà bourré d'ovins destinés à la consommation des travailleurs. Quelle organisation ! Des camions de riz cru, des camions de riz qui cuit, des camions-citernes emplis de thé, d'autres emplis d'eau, des camions où sont empilés les jeux de loto propres à la relaxation, d'autres encore où l'on a entassé les photos de Mao. A côté de cette caravane, celle de Barnum, c'est du camping de demoiselle !

Sur nous, donc, cette troupe s'avance, qui porte sur son front une mâle assurance (l'Urbaine et le Yang Tsé Kiang). C'est gigantesque, cataclysmique ! Ça gronde, ça fore, c'est fort, ça edgarfaure. Je fais des vœux ardents pour que la caravane nous épargne. Si elle continue son chemin tout droit (et pourquoi se paierait-elle un virage, juste fils du ciel !) nous devons sortir de nos abris, Béru et moi, et nous montrer pour éviter d'être déguisés en autoroute chinoise.

Je risque un dernier coup de saveur avant de me recroqueviller dans mon abri. Nous avons nos chances. Selon mon estimation, les autoroutiers vont passer à quelques mètres de nous.

J'attends, haletant. Formidable, la machine à transformer les cartes Michelin arrive. Je ferme les yeux. Le sol tremble, fume, s'écartèle, se disloque. Tout bouge, tout chancelle, tout vacille, tout oscille. Une bouleversante pelleteuse, haute comme un immeuble de trois étages, plante ses horribles dents d'acier dans la terre. Chaque fois, elle en traite vingt mètres cubes au moins. Ses roues sont aussi grandes que la grande roue de Vienne. L'engin n'est qu'à trois mètres de moi. C'est une falaise de caoutchouc et de métal qui me surplombe. Tout au faite du gargantuesque outil, dans une guérite vitrée, un petit bonhomme, au nez chaussé de lunettes noires, pilote le monstre. Ça y est, il est passé. Je risque un œil entre deux pierres et mon sang se glace malgré la chaleur. Si j'ai été épargné, il n'en va pas de même pour Béru. L'abri où il se trouvait a disparu. Une terrible excavation lui a fait place. Je lève les yeux et qu'aperçois-je, entre deux dents de la pelleteuse ? Oui, vous l'avez deviné malgré votre insuffisance mentale : le Gros !

Il gesticule, à vingt mètres du sol. Si le pilote ne le voit pas et ne stoppe pas sa pelleteuse, dans deux secondes il aura disparu, broyé, concassé, aggloméré avec la terre chinoise. Il sera pétri, émietté, goudronné, Béru. Il deviendra un petit bout de route et sa tombe mesurera plusieurs milliers de kilomètres !

Mais fort heureusement le pelleteur l'aperçoit. Il

bloque son engin et lance un coup de sirène. Aussitôt le cortège se fige. Chacun s'arrête en plein geste. Un extraordinaire silence retentit. On dirait une gigantesque fresque : l'autoroute découvrant Bérurier. Il est le gros point de mire de vingt-quatre à trente mille paires d'yeux (je n'ai toujours pas le temps de compter).

Le chef de chantier, celui qui se trouve dans la bagnole au drapeau ouvrant l'autoroute, saute de son véhicule et s'approche de la pelleteuse.

— Kétu-foû lao grand kong, s'écrit-il, soit à l'adresse de Béru, soit en poste restante.

Puis il porte un sifflet en bambou refendu avec moulinet à tambour à ses lèvres et émet quelques sons stridents. Aussitôt, le pelleteur dépellette et abaisse le bras engloutisseur de sa machine. Bérurier saute à terre et s'époussette.

— Un peu plus, fait-il, vous alliez me balayer comme un vieux colombin ! Vous devriez faire attention où c'est que vous autoroutez, les gars ! Soit dit sans vous vexer, y a de la place ailleurs !

Le chef de chantier lance un ordre bref. Aussitôt, quatre soldats habillés en militaire s'avancent. Car, je vous le répète, la caravane est pourvue de toutes les commodités, puisqu'elle comporte des salles de douches, des chiottes, des ambulances et des forces armées.

En moins de temps qu'il n'en faut à un de mes lecteurs pour mesurer l'étendue de mon esprit, Béru est ligoté comme l'un de ces saucissons qu'il affectionne.

Il vitupère, mais personne n'en a cure. Il est littéralement porté à un camion cellulaire (toujours ce raffinement dans le confort que je vous causais). On l'y jette, on l'y verrouille. Nouveau coup de sifflet ! Le chef de chantier retourne à son véhicule. Et v'là les autoroutiers *brothers* qui remettent ça. L'immense, le colossal ruban continue de se dérouler. L'inaugurateur, qui a profité de cette brève halte pour se faire masser le poignet, coupe avec une ardeur accrue. Le cortège s'éloigne en grondant, forant, criant, pétaradant, concassant, malaxant, goudronnant, inaugurant. Je demeure seul sous mon tas de pierres.

Sans Béru, sans mouton. Sans espoir. Tout seul !

CHAPITRE SIX

Seul, d'accord. Mais pas perdu.

Car il vient de se produire un élément nouveau, et d'importance : désormais je ne suis plus perdu puisque je me trouve au bord d'une autoroute.

Cette voie triomphale, elle n'est pas encore arrivée à destination, certes, néanmoins elle est partie de quelque part et, bien que non terminée, déjà elle conduit à ce quelque part. Vous pigez ? Seulement, dans l'immédiat je n'ai qu'un objectif, ou plutôt j'en ai deux : trouver de quoi boire et m'occuper de Bérurier. Qu'est-ce qu'ils vont lui faire à mon Gros, les tisseurs de routes ? Ils n'ont même pas essayé de savoir qui il était ni d'où il venait. Le boulot avant tout ! Sans doute l'entreprendront-ils au moment du bivouac ! Je gamberge un moment sur la conduite à tenir. Je suis plongé dans l'indécision jusqu'au tirlahuche à pendeloques. Que faire ? Que tenter ? Qu'espérer ? Si au moins on avait boulotté ce fichu mouton, ce matin, j'aurais des forces maintenant. L'animal a dû s'échapper de son camion pendant la halte de la nuit.

Il est parti à l'aventure, a aperçu le foyer d'incendie et s'est dirigé vers nous. C'est lui qui, déçu par notre dénuement, nous a guidés jusqu'au chantier mobile. Il a préféré retrouver ses camarades promis à l'égorgement plutôt que de périr de soif et de faim au milieu du désert… Il a bien fait, dans le fond. Les hommes aussi ont tendance à se grouper pour crever. Ils espèrent ainsi ne pas mourir seuls ! Berlues ! Berlues !

J'en suis là de mes méditations et de mon amertume, lorsque j'entends un ronflement. Un coup d'œil sur ma gauche, c'est-à-dire dans la direction d'où arrive l'autoroute, me fait découvrir un camion blanc. Il est beau comme une laiterie repeinte.

Ses flancs sont vitrés à partir d'une certaine hauteur avec des verres dépolis. De toute évidence, il va rejoindre dare-dare les cantonniers. C'est le premier véhicule à utiliser la nouvelle autoroute. Il fonce.

Je m'interromps un tout petit morceau d'instinct pour vous poser une question, bande de ceci et cela. Avez-vous entendu parler de San-Antonio ? Si zoui, vous devez savoir qu'il est l'homme des situations désespérées et des décisions fulgurantes.

Accroupi derrière mon tas de cailloux, j'assure dans ma main la lame de couteau et j'attends. Le camion parvient à ma hauteur. J'attends que l'avant m'ait dépassé, et puis je joue mon va-tout ! Fllluittt ! V'lan ! Pecchhhtt !

Projeté avec une maestria tellement incomparable qu'il est rigoureusement inutile de se ramollir la matière grise pour essayer de trouver un point de comparaison, la lame va se piquer dans le boudin de la roue arrière droite. Ça fait « Pccchhht ! », puis « Baoum ! ». Le pneu éclate et se met à faire la grimace. On dirait la boucle d'un directeur-président général qui vient de poser son dentier dans un verre d'eau. Le camion tortille un peu du prose, puis s'arrête.

Le conducteur ouvre sa portière et saute de la cabine.

Il constate le désastre, trouve le couteau et, d'instinct, regarde autour de lui. Mais le San-A. bien aimé est déjà à plat bide dans la poussière derrière ses cailloux. La double porte arrière du véhicule s'ouvre et un type vêtu de blanc passe la tête à l'extérieur. Je pige alors que le camion est une infirmerie ambulante. Le docteur demande des explications au chauffeur. Ce dernier explique, en ponctuant de gestes vifs, qu'il a éclaté à la suite de la mauvaise rencontre que son pneu vient de faire. Il désigne l'horizon où s'élève le blanc nuage des autoroutiers et, en chinois et en gesticulant, fustige la négligence du cantonnier qui a perdu ce couteau au beau milieu de l'autoroute qu'il vient de faire.

— Cé pas tout ça fô kon chang la rou ! crie-t-il au camarade médecin.

Je ne comprends pas le chinois, mais j'ai l'impression (la situation aidant) qu'il manifeste l'intention de remplacer le pneu crevé par un autre en bon état. Il retourne à l'avant du camion, déverrouille un trapon placé sous la porte de sa cabine et essaie de dégager sa roue de secours. C'est duraille. Il s'évertue. Puis, impatienté, il hèle le toubib. Sans rechigner, l'homme en blanc (il s'appelle Sou Bî Ran) se porte à la hauteur de son camarade chauffeur.

Quand on connaît San-Antonio, le seul, le vrai, l'unique, on devine sa réaction en pareil cas. Rappelez-vous que c'est un drôle de téméraire, ce gars-là. Un type dans le genre de machin, mais en moins grand et en plus marrant. Je rampe jusqu'à l'autoroute. Les deux hommes, fort occupés à dégager la roue de secours, ne s'aperçoivent de rien. Parvenu à l'arrière du camion, je me redresse et me jette à l'intérieur en priant Dieu et son brain trust pour qu'il n'y ait pas de personnel hospitalier dans les parages.

Nobody, comme disent les Américains, lorsqu'ils parlent un peu l'anglais. Il s'agit bel et bien d'une infirmerie. Il y a là une table d'auscultation, un appareil de radio, et puis des casiers, des tiroirs, des bacs, bref tout le matériel qu'on peut souhaiter dans ce genre d'endroit.

Je ne perds pas un poil de seconde et je vais m'embusquer derrière le paravent sur mesure que constitue l'écran de la radiographie. Maintenant, il convient d'attendre sans bruit la suite des événements. Je me sens mieux, car le fourgon est climatisé. Cette fraîcheur apaise un peu ma soif dévorante. Je louche sur des tas de flacons en espérant que le contenu de certains d'entre eux au moins sera comestible. J'entends les deux gars qui placent le cric en bavassant.

Je m'empare d'un flacon à long goulot ayant un peu la forme d'une batte de baise-balle. C'est contondant et facile à mouliner. Bon, j'suis paré. Au bout d'un moment, la roue est changée ; le médecin radine et referme sa porte. Il s'assied devant la table d'auscultation sur laquelle est posé un journal satirique chinois (« Le Canard laqué enchaîné ») et se met à lire. C'et un type assez grand, le toubib, avec une casquette en toile blanche. Il porte des lunettes à verres teintés. J'attends que nous soyons repartis pour être sûr que le chauffeur n'interviendra pas. A ce moment-là, je sors de ma cachette et je m'avance vers le médecin. Il devine ma présence et se retourne. Je n'attends pas. Vlan ! Il prend le flacon sur la coquille. Sa casquette blanche valdingue d'un côté et lui de l'autre. Vous parlez d'un soporifique ! Je me demande si dans les urgences il réussit des anesthésies aussi impeccables ? Sans perdre de temps, je lui file une serviette-éponge sur le museau en guise de bâillon, puis je l'attache serré avec des sangles trouvées sur place.

Ouf ! la situation s'améliore un tantinet à ce qu'on dirait. Cela dit je boirais bien un petit coup de remontant. Hélas ! les étiquettes des bouteilles sont rédigées en chinetoque et je dois me montrer circonspect. Enfin, je déniche une bouteille d'alcool. L'odeur, c'est une forme d'esperanto. Deux grandes lampées et me voilà redevenu plus superman que jamais. Je me paie même le luxe d'être euphorique. Par quel bout vais-je choper mon problème maintenant ? Ça reste encore à définir. Je traîne le brave docteur derrière l'appareil radio, mais je ne prends pas le temps de le radioscoper pour voir s'il a des charançons dans les éponges. Je fais du San-Antonio des grands jours, les gars. L'action, c'est l'homme plus encore que le style. Dans une armoire de fer, je trouve un pantalon blanc et une blouse à ma taille. Je me file de la teinture d'iode sur la frime et les pognes, ensuite de quoi je ramasse la gâpette de ma victime ainsi que ses lunettes. Je vous mentirais en affirmant que je suis devenu le sosie de Chou En-Lai, pourtant en courant vite dans un couloir du métro aux heures d'affluence, l'illusion serait possible. Bien sûr, tout cela est insensé. Bien sûr, ça ne me mène à rien, mais ce qui compte dans l'existence, c'est d'agir.

La terre elle-même est en mouvement ; celui qui s'arrête se minéralise. Combien de fois déjà, au cours de ma prestigieuse carrière, ai-je agi avec le sentiment que cela était inutile, dérisoire, ridicule, et combien de fois l'événement m'a-t-il donné raison ? Des dizaines, des centaines ? Je ne sais plus. Dans ces cas-là, je n'ai pas assez de recul pour juger mes actes. Je suis pris dans un mouvement, je baigne dans un état second !

Je sens que le camion ralentit. Le grondement du chantier me parvient, s'amplifie… On adopte un train régulier, à vitesse réduite. J'entrouvre la lourde et je constate que nous avons recollé au peloton (d'autoroute). Nous voici dans le cortège, mes poulettes. On avance en même temps que les travaux. Ça me réconforte de savoir le Béru tout proche. On a beau dire, mais la distance contribue à l'éloignement, comme disait le grand philosophe chinois Là Pâ Lis.

Ils doivent bien faire des haltes, ces autoroutiers, sacrebleu ! A moins qu'ils ne travaillent par équipes. Sous toutes les latitudes, la bouffe, c'est sacré, non ? L'heure du combustible, qu'on soye en Gaule, en Chine ou chez Plumeau, elle régit le temps. Qu'on briffe du caviar, du foie gras ou du riz à l'eau, la pause bouftance est inévitable. Il réclame, Prosper. Faut le calorifuger au moins deux fois par jour, sinon la boyasse fait des nœuds.

Effectivement, au bout d'un certain temps, la sirène retentit par trois fois et nous stoppons. Vite je m'installe à la table de travail et je me mets à manipuler des éprouvettes et des flacons avec un petit air joliotcuresque qui m'impressionne moi-même.

La porte du camion s'entrouvre, mais je ne me retourne pas.

— Kang tsé ktu vieng bou fé ? demande le chauffeur.

Naturellement, le sens de sa question m'échappe, j'élude en adressant par-dessus mon épaule un geste impatienté. L'autre n'insiste pas et s'éloigne.

Je m'offre une nouvelle gorgée d'alcool. Le grand moment est arrivé. Je suis à pied d'œuvre. Au sein de la cohorte. Autour de moi, partout, ça grouille, ça rigole, ça s'interpelle. Je m'approche de la porte. Les voitures sont stationnées sur les parkings qu'elles viennent d'aménager.

Les ouvriers commencent à faire la queue devant les popotes roulantes pour toucher leur cuillerée à café de riz cuit. Ils chahutent, ils causent de la mousson et du beau temps. Ils ont fabriqué trois cents kilomètres d'autoroute dans la matinée et ils sont bien contents d'eux.

J'ai un tressaillement. Deux soldats passent, encadrant Béru dont ils ont désentravé les jambes. Du coup, je sors de mon laboratoire roulant et je leur file le train. C'est hardi, mais personne ne me prête attention. On conduit le Gros jusqu'à un bureau ministre dressé en plein air, derrière lequel se tient un personnage compassé, dont les yeux bridés ressemblent à deux cicatrices. On fait asseoir Béru en face de lui. L'homme lui adresse la parole. En chinetoque, naturellement. Le Gravos répond en français :

Embusqué entre deux camions, je peux suivre les explications bérurières.

— Je suis suisse, mon bon m'sieur. Alpiniste de mon état, c'est moi que j'ai gravi le premier la face Nord du grand rocher de Fontainebleau. Je faisais partie d'une expédition qui s'est paumée. Mes camarades sont morts de froid biscotte ils avaient oublié leur Rasurel, moi j'ai survivu parce que ma maman m'a fait prendre de l'huile de foie de morue tous les matins…

L'autre frappe du poing. Il ne pige rien. Alors Bérurier se dresse à demi.

— Vous permettez que je vous fasse un dessin ? dit-il en s'emparant d'un pinceau et en le trempant dans l'encre de Chine.

Le voilà qui trace des signes sur un rouleau de parchemin.

Il assortit son graphique d'un commentaire inutile pour son interlocuteur, mais qui l'aide à schématiser.

— La Suisse ! dit-il… Avec une jolie croix… La montagne… Vous matez, mon pote ? C'est montagnard comme dessin, hein ? V'là même le soleil par-dessus pour faire plus gai... Et puis, mes camarades...

L'officier de police se dresse, regarde le dessin et gifle Bérurier à toute volée. Il arrache la feuille de papier, la roule pour en faire une boulette et, tordant le nez du Gros pour le forcer d'ouvrir la bouche, il lui enfonce le papier dans le clappoir. Après quoi, il donne des ordres à ses sbires. Les soldats ramassent mon pauvre pote et le rembarquent dans son wagon cellulaire. Cric crac, ils filent un tour de clé au fourgon et vont à la cantine rejoindre les copains.

Pour le coup, votre San-Antonio se dit qu'il ne faut plus attendre. C'est tout de suite ou jamais qu'il va risquer le pacson.

Après l'incendie partiel de mes fringues, il ne m'est resté en poche qu'une seule chose : mon petit sésame. C'est plein de mecs autour de moi. Des zigs en bleu avec leur gamelle. Ils ne s'intéressent pas à mes faits et gestes. Très décontracté, j'enfonce la pointe du sésame in *the hole of the* serrure et je tournicote. C'est la première fois qu'il s'en prend à une serrure chinoise, ce chérubin, j'espère qu'il saura la séduire. Il y a un peu de réticence au début, mais le pêne ne se donne plus la peine de résister.

J'ouvre et j'entre. Il y a deux mecs à l'intérieur : Béru et un Chinois. Le Gros est enchaîné à la cloison de même que son compagnon. Une énorme boucle de fer leur enserre le cou. Le Mastar est tout congestionné, le pauvre trésor. Sur l'instant, il ne me reconnaît pas, mais tandis que je m'approche de lui, son regard se pose sur ma main tenant le sésame et c'est ce délicat objet qui lui permet de m'identifier.

— San-A. ! souffle-t-il, malgré la poire d'angoisse qui

lui obstrue la bouche. Ça, alors, t'as pas traîné ; j'eusse cru que tu attendisses la nuit pour tenter la délivrade.

J'examine la fermeture du collier de fer. Là encore le sésame triomphe.

Au moment où la chaîne tombe contre la paroi du fourgon, le Gravos balbutie :

— Manque de bol, rev'là ces deux bédouins ! Effectivement, on me virgule une question en chinois. Au lieu de me retourner, je fais signe d'approcher. Si pendant cinq secondes encore les deux soldats veulent bien admettre que je suis le docteur, rien n'est perdu.

Ils s'approchent. Je me retourne. Faut faire vite. Heureusement ils apportaient la bouffe aux prisonniers et ils tiennent chacun une assiettée d'eau sale. D'un même geste des deux mains je leur projette le contenu des récipients dans le portrait.

Et tandis qu'ils s'ébrouent, je les fulgure, le premier d'un coup de savate dans la bonbonnière, le second d'un crochet à la pointe du menton. Ils s'écroulent.

Un coup de saton dans la nuque de chacun d'eux et c'est le silence, la tranquillité et le repos. Je m'empresse de refermer la porte du fourgon. Rapidement, je défais les liens de mon ami.

— On va essayer de déguerpir, dis-je. Ça ne va pas être commode.

— Délivre aussi ce petit mec, me fait la bonne âme bérurienne en me désignant son compagnon, il est sympa comme tout.

J'hésite. Mais une idée me vient. La générosité de Béru peut nous sauver. Vite, je desenchaîne le second prisonnier et je lui désigne l'un des soldats qui gît sur le plancher.

— Enfiler son uniforme, lui dis-je en anglais.

— Te fatigue pas à déballer ton capital Berlitz, ricane Béru, il cause français comme toi et moi !

— Pas possible, bée-je.

— J'ai été pendant dix ans pédicure à la Muette, me révèle le prisonnier.

Je passe outre ma stupeur.

— Fringuez-vous en soldat, mon pote. On va essayer de jouer la fille de l'air, version chinoise avec sous-titres français !

Il est habile, ce petit Jaune. En moins de deux il a revêtu le déguisement prescrit. Il boucle le ceinturon et demande :

— Et maintenant ?

— Vous allez conduire mon ami jusqu'au camion blanc stationné non loin d'ici. Si on vous adresse la parole en cours de route, répondez qu'il est malade et que vous le menez à l'infirmerie, pigé ?

— Pigé !

— Alors en route !

Et, courageusement, je sors le premier !

CHAPITRE SEPT

Ce sont les coups les plus osés qui réussissent le mieux. J'en ai fait souventes fois la remarque. Les hommes n'osent pas voir grand et c'est ça qui les rabougrit. Ils n'essaient, la plupart du temps, que des petits coups foireux. Alors, parce qu'ils sont foireux, ces petits coups, fatalement, ils foirent !

D'un pas net et tranquille nous nous dirigeons tous les trois vers le camion-infirmerie. J'ouvre la porte arrière et je vais monter le Gros et son camarade. Pourquoi éprouvé-je l'assez sotte certitude d'être en sécurité à l'intérieur de ce véhicule ? C'est utopiste comme sensation, vous ne trouvez pas ? Pourtant, une fois la lourde fermaga, je respire plus à l'aise.

— Où que t'as pêché ce camion ? s'informe le Gros.

— Je te raconterai tout ça plus tard, pendant les longues veillées d'hiver, lui promets-je. Pour le moment on a autre chose à fiche.

— Quoi donc ?

— Demi-tour… Si on pouvait mettre les adjas sans donner d'explications…

Le Gros tortille le bout de parchemin que le policier

du camp lui enfonça dans la bouche. Il le montre à notre compagnon.

— Dis-moi, gars, fait-il, j'aimerais bien savoir pourquoi t'est-ce le zig qui m'a interrogé m'a taloché le museau en voyant ça !

Le faux soldat examine le papier.

— J'ai fait le drapeau suisse, la montagne, et des copains, commente le Gros. D'accord j'ai pas le coup de crayon de Dubout, mais c'est tout de même visible. L'ex-prisonnier ne peut retenir un rire jaune.

— Ça ressemble à des caractères chinois, explique-t-il, et ça signifie « Merde pour celui qui le lira ».

— Oh ! je vois, y a eu méprise, dit Béru, soulagé. Alors v'là que sans le savoir j'écris le chinetoque !

— Tout comme M. Jourdain qui faisait de la prose sans le savoir, tranché-je, mais c'est pas le tout, faut se remuer, sinon on va découvrir votre évasion et ça bardera pour notre matricule.

Je frappe l'épaule du copain.

— Quel est ton nom, camarade ?

— Lang Fou Ré ! se présente-t-il.

C'est vrai qu'il est sympa. C'est un garçon assez jeune, la trentaine environ, avec un regard pétillant d'intelligence et un très beau sourire patronné par Colgate.

— Tu sais conduire un camion ?

— J'ai pas mon permis poids lourd, mais je dois me défendre…

— Alors va prendre le volant et déhotte. Si on te demande quelque chose, tu dis qu'il s'agit d'une urgence et qu'on emmène un chef à la ville la plus proche.

— Entendu.

— Du self-control surtout ! Pas de panique !

— Je ferai au mieux !

Il sort. Juste comme il descend du véhicule, Lang Fou Ré est bousculé brutalement et tombe à la renverse. Une masse sombre bondit dans le camion. Il s'agit du bélier de Bérurier, à nouveau échappé. Son amour pour les nougats du Gravos a été le plus fort. Il a voulu rejoindre Sa Majesté.

— Cyprien ! s'écrie le Mastar, ému. T'es plus fidèle qu'un clébard, mon gamin !

— Vous gardez cet animal ? demande Lang Fou Ré.

— Oui, c'est pas la peine de se donner en attraction, démarre !

*
* *

Pendant les premières minutes on a coquette en cale sèche, moi, je vous le dis. Au cours de la manœuvre de dégagement, je m'attends qu'on nous stoppe. Mais rien ne se produit. C'est le chauffeur du camion surtout que je redoute, s'il voit filer son véhicule, il va ameuter la garde, le vilain. Faut croire qu'il est en train de tortorer à la cantine ou de se payer une petite ronflette car il ne se manifeste pas.

Bientôt le véhicule prend de la vitesse. Lang Fou Ré est aussi soucieux que nous d'effacer les kilomètres car il champignonne à mort.

— On doit être les premiers à rouler sur cette autoroute dans ce sens-là, dis-je.

— Ça nous fait une belle quille ! grommelle le Gros.

— T'as pas l'air joyce, Béru, reproché-je. Tu pourrais me dire merci au moins !

— Je t'aurais dit merci de meilleur cœur si t'aurais attendu que j'eusse bouffé pour me délivrer, j'ai les crochets, moi !

J'ouvre la porte de l'armoire de fer où l'on serre les vêtements de travail.

— Enfile une blouse et une bâche à la taille ! ordonné-je. Que tu aies au moins l'air d'un infirmier !

Il obéit. Comme toutes les âmes simples, il a le goût du travesti, Béru. C'est un bon client pour mardi gras.

A peine vient-il de se toquer qu'on entend hululer des sirènes.

— Nom d'un Bouddha, gronde l'Hénorme, on va être fait aux pattes !

Le système acoustique reliant la cabine du camion en bloc hospitalier retentit. La voix calme de Lang Fou Ré s'élève.

— Deux motards de la police arrivent à notre rencontre ! avertit-il.

— De deux choses l'une, fais-je, ou bien l'alarme a été donnée et alors on n'y peut rien, ou bien ils procèdent à un simple contrôle et alors tu leur sors l'historiette convenue.

Les sirènes se taisent, le camion ralentit.

— Ils font signe de stopper ! prévient encore Lang Fou Ré.

— Tu crois qu'on les a alertés par radio ? chuchote le Gros.

Je mets ma main sur mes lèvres. D'un geste je l'entraîne vers l'appareil radio où gît toujours le titulaire du poste.

Il a repris connaissance et roule des gobilles hostiles.

Je le chope par les épaules et fais signe à Béru de le cramponner par les pinceaux. Le mouton pousse un cri de détresse. Le connard ! Nous déposons le toubib sur la table d'auscultation. J'entends cogner mon cœur à toute allure. Il me semble qu'un gros poing impatienté tambourine à une porte. Je saisis un flacon d'éther que j'ai repéré tout à l'heure en cherchant de l'alcool. J'en verse dans un masque de caoutchouc que j'applique sur le naze de notre patient improvisé. Il gigote un brin et s'immobilise.

— Attention, chuchote la voix de Lang Fou Ré, ils contournent le camion pour voir si ce que je leur ai dit est exact.

Donc l'alarme n'a pas été donnée et il s'agit d'une simple vérification de routine.

J'attrape deux masques de gaze et j'en jette un à Béru. Je mets l'autre… Ça y est, on frappe !

Je fais signe au Gros de délier le toubib. Il saisit un scalpel et coupe les liens. J'ouvre la lourde. Deux motards chinois sont là, assez terribles sous leur casque. Ils dardent sur l'intérieur du camion des yeux inquisiteurs. Ils vont me parler. Alors, d'un geste péremptoire, je leur fais signe de se taire. Ils s'abstiennent. Enhardi, je leur fais un nouveau signe pour leur indiquer qu'ils peuvent aller se faire considérer chez les Hellènes ; mais alors ils ne m'obéissent pas du tout. Au contraire, l'un d'eux entre délibérément et s'approche de la table d'opération.

Béru, sans se troubler se met à jouer les grands patrons.

Il retrousse la liquette du toubib endormi pour lui dévoiler la brioche. Il frotte la partie dénudée à l'éther. Il frotte la lame du scalpel sur sa manche afin de la débarrasser de ses impuretés. Des gouttes de sueur perlent à ses tempes. Il doit agir. Il sent que de son comportement dépendra la suite des événements. Alors il n'hésite plus et enfonce la lame du scalpel dans le bide du médecin. Le sang gicle. Il me fait un signe. Je m'empresse avec du coton. Je réitère mon geste furax au flic pour lui dire de les mettre, mais ça le passionne cette opération volante. Il se croit dans une émission de Lalou, le poulet laqué ! Il mate à pleins z'yeux. Ça l'allèche ! Il veut pas gerber, il invite d'un signe de tronche son pote à approcher. Le pauvre Béru se met à sucrer salement.

C'est la première fois qu'il opère quelqu'un de l'appendicite. Fatalement ça le timore. Il est tout timide, tout humide. Mais vaillant, toujours ! Béru c'est le courage incarné, je me plais à le répéter. Il va jusqu'au bout de tout. D'un geste qui pourrait passer pour expert, il fend la brioche du médecin. Il se penche sur la plaie sanglante, trifouille dedans avec ses doigts sales, extirpe de la tripaille, hésite, me consulte du regard par-dessus son masque de gaze. J'ai vu des pièces d'anatomie. Je me repère. Je crois reconnaître l'appendice. Discrètement je le désigne au Gros qui, délibérément, le sectionne. Il faut un nœud avec le reste, bien serré. Maintenant s'agit de recoudre. Je déniche une grosse aiguille courbe, du fil spécial. Je tends l'aiguillée à m'sieur le chef de clinique. Je me retiens pour pas aller au refile. Plus besoin de teinture d'iode, je dois vraiment avoir le teint de chinetoque. Et la Grosse pomme aussi ; lui c'est carrément sur le vert-pas-mûr qu'il s'oriente. Il serre ses chicots et plante l'aiguille dans la viande de l'autre. Il recoud serré, avec application. On cloque un morceau de sparadrap sur le ravaudage et c'est scié.

Le motocycliste nous dit quelque chose en chinois. Je me contente d'acquiescer. Alors il disparaît avec son pote, la lourde se referme. Béru et moi on s'effondre sur une banquette. On se prend un moment pour récupérer. Je lui passe le flacon d'alcool. Pour une fois il l'a bien mérité. Il chopine un grand coup, moi de même, on se regarde, et alors c'est plus fort que nous : on rigole.

— Je pense à la frime de ce gars, quand il se réveillera

sans appendice, fait Béru. Non mais t'as vu comment que je m'en ai bien tiré ?

— Le professeur Hamburger ne fait pas mieux, admets-je. Tu pourras mettre sur tes cartes, ex-interne des hôpitaux roulants du Sin Kiang.

Le camion repart. Je décroche le tubophone acoustique.

— Quelles sont les nouvelles, mon petit gars ? demandé-je à Lang Fou Ré !

— Ils nous escortent jusqu'au prochain hôpital, dit le conducteur d'un ton rageur.

— C'est loin ?

— Une centaine de kilomètres.

— Pourquoi nous accompagnent-ils, la circulation n'est pourtant pas gênante !

— Faut croire qu'ils ont envie de retourner en ville et qu'ils ont sauté sur ce prétexte.

***

On roule une bonne heure à pleine allure. Le mouton bêle à perdre sa laine. Pour le calmer, Béru lui fait lécher ses targettes. Avouez que la situation est d'une grande cocasserie, non ? Arriver en Chine pour enlever l'appendice d'un médecin chinois qui ne demandait rien à personne, c'est de l'inédit ça, les mecs ! Venez pas dire que vous avez déjà lu ça quelque part ou je vous glaviote à la frite !

De temps en temps je palpe le pouls du patient. Le plus fort c'est que ça n'a pas l'air de mal se passer.

Il cogne un peu vite mais régulièrement. Sa respiration aussi est à peu près normale. Dans un sens ça n'est pas mal qu'on nous drive à l'hosto. De vrais toubibs pourront se pencher sur lui et finir de le réparer. M'est avis qu'une petite dose d'antibiotiques lui ferait pas de mal. Je lui en administrerais volontiers si je savais lire les étiquettes des ampoules rangées dans les tiroirs, mais j'ai peur de faire une bêtise.

— Hello ! dit Lang Fou Ré, on va quitter l'autoroute.

— Où nous dirigeons-nous ?

— Vers la ville de Chou Far Ci. Que faudra-t-il faire lorsque nous arriverons à l'hôpital ?

— Tu réclameras des infirmiers et tu abandonneras le camion devant l'établissement. Nous t'attendrons à quelque distance de celui-ci.

— O.K.

Béru me cligne de l'œil et dit en désignant la cabine :

— Tu vois qu'on a bien fait de l'emmener.

— Et comment, sans lui on était repassés ! Pourquoi était-il prisonnier ?

Le Gros secoue la tête.

— Figure-toi qu'il s'est fait rapatrier en Chine because il voulait revoir sa vieille môman. Elle est morte à son arrivée et il a voulu retourner à la Muette. Mais macache, les z'autorités n'ont rien voulu chiquer. Alors il s'est fait embaucher dans l'équipe de l'autoroute parce que celle-ci va en direction de la Russie. Il s'est dit qu'une fois chez les Popofs il s'arrangerait. Seulement un rapport a été dressé contre lui et par radio on a prévenu le chef de chantier pour lui demander de l'embastiller.

Béru se tait. Maintenant le camion tangue dans des ornières. Il roule doucettement. Les sirènes des motards reprennent, fendant la foule qui doit se presser alentour.

J'entrouvre la porte arrière. Nous roulons dans une rue étroite bordée de maisons typiques. Cette fois c'est bien la Chine millénaire que causent les pouettes. Bérurier qui m'a rejoint en prend plein les mirettes.

— Ça me rappelle une pièce de théâtre, me dit-il. Sauf que dans la pièce, les Chinetoques n'étaient pas fringués en bleus de chauffe.

Le camion ralentit. Puis il pénètre sur un terre-plein où sont rangées des ambulances.

— C'est là qu'on prend la correspondance ! annoncé-je. Mettons-les avant qu'on nous pose des questions.

Et je me laisse aller à l'envers. Je me reçois bien, c'est à peine si je fais quatre pas en titubant un peu. Au tour de Sa Majesté, maintenant. Il prend la position idoine, seulement, au dernier moment, v'là son enfoiré de bélier qui s'élance et qui lui saute dans les bras. Le Gros va à dame avec le bestiau dans le placard. Etourdi il met du temps à se relever. Il est tout contusionné et il maudit son féal admirateur en termes qui n'ont rien de chinois.

— Ecrase, enjoins-je. C'est pas le moment de nous faire repérer.

Seulement, Alexandre-Benoît, vous le connaissez ? Partout où il passe et quoi qu'il fasse, ça donne un numéro de cirque de bonne venue. Il me rejoint en boitillant, avec son foutu mouton sur les talons, qui bêle caverneux.

On s'éloigne de l'hosto. J'espère que tout se passera bien pour le camarade Lang Fou Ré et qu'il viendra vite à la rescousse. C'est angoissant de ne pas parler la langue d'un pays lointain. On s'y sent perdu, on s'y noie, on y étouffe…

Nous nous trouvons à l'angle de deux ruelles ombreuses.

Je distingue le chauffeur occupé à parlementer avec les motards. Puis il pénètre dans l'hosto avec l'un d'eux. Mes veaux l'escortent aussi. S'il fait une fausse manœuvre ou bien si l'alerte est donnée, nous serons vite récupérés, tout de blanc vêtus, dans cette ville où tout le monde est en bleu !

— On ferait mieux de se débiner, réfléchis-je.

— Où veux-tu que nous allâmes ? objecte le Pertinent.

Il a raison. Jamais l'inanité de notre entreprise ne m'est apparue aussi formellement. Elle est encore plus évidente dans cette ville que dans le désert. La nature n'est jamais aussi hostile que les hommes. Jamais !

— Ça y est, il arrive, souffle mon compagnon.

Effectivement, le camarade Lang Fou Ré dévale le perron de l'hosto et se dirige vers nous d'un pas martial. Des infirmiers s'empressent autour du camion, des vrais qui vont embarquer le pauvre toubib vers des mains plus qualifiées que les nôtres.

— Mince ! soupire Béru, j'ai oublié mon morceau de parchemin dans le bide du client, tout à l'heure. Je m'en ai servi pour essuyer le sang, et puis je lui ai laissé mon message dans le baquet.

— Ça va être cocasse pour le chirurgien qui le rouvrira lorsqu'il trouvera un billet sur lequel est écrit « merde pour celui qui le lira » ! rigolé-je.

— Venez ! nous dit Lang Fou Ré.

Il paraît décidé, le petit gars. C'est bien le Bouddha qui nous l'envoie, vous avouerez.

— Où qu'on va ? demande le Béru.

— Chez un oncle à moi qui habite la ville. Cela fait des années que je ne l'ai pas vu, j'espère qu'il acceptera de nous aider…

Il nous entraîne dans un dédale de rues grouillantes. Il y a des types à vieux vélos, des pousse-pousse, des charrettes à bras. On se cogne contre des éventaires.

Le ventre du Gros gargouille de plus en plus fort, comme un torrent en crue dans une gorge resserrée. Derrière nous, Cyprien suit, tête basse, la langue sortie. Il paraît harassé. De temps à autre Bérurier se retourne.

— J'espère qu'il acceptera de nous faire cuire un gigot, ton oncle, fait-il à notre mentor.

— Je doute qu'il ait un gigot à nous offrir, murmure Lang Fou Ré.

— Moi j'en ai deux, murmure Sa Majesté en montrant l'animal. Plus deux épaules de mouton et une tripotée de côtelettes. Avec du riz et de l'oignon frais, je te promets un repas de gala.

— C'est ici ! dit soudain le jeune homme en nous montrant une échoppe vieillotte pleine d'un bric-à-brac indéfinissable. Attendez-moi un moment, je vais tâter le terrain.

Il disparaît dans le magasin. Je commence à me sentir vraiment mal dans ma peau. Les gens se détronchent sur nous, furtivement. Ces deux infirmiers flanqués d'un mouton constituent une image par trop insolite. A la rigueur, moi avec ma bouille badigeonnée de teinture d'iode et mes lunettes noires je peux faire illusion, mais pas le Mastar dont la trogne enluminée et la bedaine n'ont rien de chinois.

Quelques minutes s'écoulent. Et puis Lang Fou Ré réapparaît dans l'encadrement de la boutique. D'un signe de tête il nous engage à le rejoindre, ce que nous faisons de grand cœur.

— Mon oncle est d'accord pour nous héberger quelque temps, dit-il.

L'échoppe est celle d'un brocanteur. On y trouve une foule de saloperies chinoises qui raviraient les standistes du marché Biron.

Un petit vieillard chenu se tient dans le coin le plus sombre, assis dans un fauteuil garni de coussins moisis. Il est ridé comme une morille déshydratée et on dirait qu'il n'a plus d'yeux, tellement ses paupières sont plissées. Une barbiche blanche, longue et étroite, lui pend au menton, comme une queue. Il écarquille ses paupières et alors seulement, un peu d'humidité au fond des cavités semble indiquer qu'il nous voit. Lang Fou Ré dit des trucs. Le vieillard en dit d'autres. Il incline la tête dans notre direction. Je me casse en deux, cérémonieusement, sachant combien les Chinois sont sensibles à l'extrême politesse. Plus débonnaire, Béru lui tend une pogne large comme un siège de faucheuse.

— Salut, pépé, lui dit-il. C'est gentil de nous recevoir. Si vous auriez un petit coup de casse-grain pour ma dent creuse, je vous enverrais une boîte de cigares dès mon retour à Pantruche.

Heureusement, le petit vieillard n'a pas l'heur de parler notre langue et je suppose que Lang Fou Ré lui fait une traduction très libre des paroles béruréennes.

Le marchand de chinoiseries hoche la tête et désigne un rideau de perles au fond de l'échoppe.

— Venez ! nous invite Lang Fou Ré.

Nous longeons un étroit couloir qui sens le musc[1]. L'endroit est garni de caisses et de pouilleries que nous sommes obligés d'enjamber. On débarque dans une pièce mal éclairée par une sorte d'espèce de vasistas. C'est la pièce commune. Elle est peu commune d'ailleurs. Des senteurs douceâtres nous picotent le pif. Il y a des nattes à terre (des nattes à gens et des nattes à chats).

— Asseyez-vous ! engage Lang Fou Ré.

1. Quand on raconte une histoire qui se passe en Chine, ne jamais oublier de dire que ça sent le musc, ça fait plus vrai et le lecteur est content.

Il défait sa veste militaire avec une évidente satisfaction.

— C'est du pot que t'aies z'eu un tonton dans le patelin, respire Béru en s'avachissant sur une natte. Il est bonne pomme dans son genre, le dabe, t'es certain qu'il est pas en train de bigophoner aux matuches ?

Lang Fou Ré fronce les sourcils.

— Vous insultez ma famille, fait-il.

— Pas du tout, j'hypothèse pour causer, rétorque le Mastar. Il risque gros, ton magot de tonton en nous hospitaliant.

Le rideau de perles fait entendre son cliquetis soyeux. Un froissement ! Et une fille pénètre dans la pièce. Oh ! pardon, cette merveille ! Vive la Chine, les gars ! Vive l'Asie ! Surtout quand elle est mineure ! L'arrivante est âgée (si l'on peut dire) d'une dix-huitaine d'années. Elle est grande, mince, flexible (comme une liane, diraient des collègues à moi dont les bouquins ressemblent à des albums de photos tellement ils contiennent de clichés). Elle a un beau visage, aussi régulier que le cours de la Loire. Ses yeux sont noisette pâle, elle possède de longs cils et au contraire de minces sourcils. Sa peau a la couleur de l'ambre[1]. Ses pommettes sont à peine saillantes, atténuées par une légère touche de fond de teint qui leur donne du velouté. Elle est coiffée court et a un serre-tête d'écaille blonde dans les cheveux. En voyant entrer ce bel objet, le cœur de votre San-A. fait tilt, ses lampions pavoisent en toute hâte et il sent que sa merveilleuse moelle épinière tourne en crème fouettée.

1. C'est comme le musc. Ne jamais oublier l'ambre dans un ouvrage traitant de la Chine, fût-ce une san-antoniaiserie !

Lang Fou Ré s'approche de l'arrivante, frotte son nez contre le sien et se retourne.

— Je vous présente ma cousine Vao Dan Sing ! dit-il. Congratulations. Le Béru en oublie sa faim.

— C'est pas possible que ça soye le vieux kroumir du magasin qu'ait fait ce sujet, murmure-t-il, il a dû avoir recours à la main-d'œuvre étrangère !

Miss Vao Dan Sing (mais appelons-la Vao tout court pour la commodité de la controverse) se met à nous préparer une collation substantielle : pâté impérial, pousses de soja au trou fi gnon, riz cantonnais et « litchee » dans la cendre. Le tout arrosé de thé, ce qui démoralise beaucoup le Gravos.

— Dis voir, Lang Fou Ré, pleurniche-t-il, ta cousine aurait pas dans un recoin une petite boutanche de juliénas.

Hélas, la plus belle fille du monde (et elle se trouve à portée du regard) ne peut donner que ce qu'elle a. En l'occurrence elle n'a pas de vin.

Lorsqu'il a décrassé la tortore à tonton, Lang Fou Ré émet quelques-uns de ces rots bruyants dont les Chinois et les grumeurs d'eau Perrier ont le secret.

— Et maintenant, dit-il, si vous me racontiez ce que vous faites en Chine ?

— Tu ne lui as pas dit ? m'étonné-je à l'adresse de Béru.

Le Mastar me virgule un coup de tatane dans les molletières par-dessus la natte.

— Bé si, je lui ai raconté comme quoi on s'est gourés en redescendant les pentes du Tibet homicide. Et comme qu'on s'est payé le versant chinetoque au lieu de prendre çui qui surplombe le lac Léman ! Tout le monde peut se mettre le piolet dans l'œil, hein ? D'autant plus que notre boussole était en froid avec le Nord… Une boussole qui dit merde au Nord, ça facilite pas les excursions en montagne.

Il parle en ponctuant des clignements d'yeux, lesquels signifient : « Je ne suis pas le genre de type qui se confie au premier prisonnier venu. La méfiance est la mère de la Sûreté et de la P.J. réunies. »

Le gars Lang Fou Ré émet une nouvelle salve bicarbonatée et hausse les épaules.

— Des alpinistes qui se retrouvent dans le désert de Sin Kiang parce qu'ils n'ont pas de boussole, moi je veux bien, les gars, seulement faut publier ce genre de conte dans les journaux d'enfants…

— C'est pourtant l'exacte vérité, tranché-je.

Il n'insiste pas. Les Chinois savent mettre leur mouchoir par-dessus leur amour-propre.

— Vous avez sommeil ? demande-t-il.

— Un peu, mon neveu, d'autant plus que ton thé des familles m'a calorifugé le système nerveux, dit le Gros. Si on voudrait bien nous montrer nos appartements…

Le pédicure discute du problème avec sa cousine. Plus je regarde cette gosse, plus je me sens énervé du bulbe. Cette petite déesse jaune, telle que vous me connaissez, je lui flanquerais volontiers les doigts de pieds en bouquet de violettes ! Comment que je te lui projetterais la grande scène du Viol sur écran large, interprétée par toute la troupe !

Elle nous considère pensivement, puis, sans le moindre sourire, et tout en conservant farouchement sa figure de divinité asiatique, elle murmure :

— *Do you speak english ?*

Ce qui signifie « parlez-vous anglais », la plupart d'entre vous plus quelques-uns auront déjà pigé, je pense ?

Je m'empresse de répondre que « *Yes, Miss* » et je me

réjouis de pouvoir converser avec cette pin-up jaune. Les muets diront ce qu'ils voudront, mais la parole aide à l'échange des rapports culturels et sexuels. Sans attendre je déclare donc à notre jeune hôtesse qu'elle est unique en son genre et que ce genre, précisément, est tout à fait le mien. Cette prise de position la laisse froide comme un pif de clébard. Pour lui célébrer son culte de la personnalité, j'ai idée qu'il doit falloir se lever de bonne heure et avoir des feintes-à-Jules plein sa malle arrière.

— Suivez-moi, me dit-elle.

On repasse par le magasin. Là, elle tire sur une corde pendant du plafond et une échelle à contrepoids s'abaisse. Elle grimpe, ce qui, malgré l'étroitesse de sa jupe, me dévoile un paysage sublime. Parvenue au sommet de l'échelle, la voici qui pousse un trapon et qui nous fait signe de monter.

Je suis.

— T'entends pas, murmure Béru, le regard brillant d'émotion.

— Quoi donc ?

— Le mouton ? Il est resté dans la rue et il m'appelle, ce pauvre biquet !

— Qu'il aille se faire tondre ailleurs, c'est déjà beau que le tonton à Lang Fou Ré nous accueille, on ne va pas lui imposer ton zoo en supplément tout de même.

Le Gros n'insiste pas et gravit les échelons. Nous arrivons dans une soupente basse de plaftard. Elle est divisée en deux parties.

— Vous dormirez sur les nattes du fond, recommande-t-elle.

— Et votre cousin ? je suis curieux.

— Il couchera dans la pièce du bas avec mon père vénéré.

— Et vous, illumination de mon séjour en terre chinoise ? poétisé-je dans le style du cru.

Elle montre une natte à lit dans la première partie de la soupente.

— Depuis que mon très honorable père souffre de rhumatismes, je couche ici car il ne peut plus gravir l'échelle.

J'essaie de ne pas extérioriser la big satisfaction que me procure ce voisinage.

— Dormez bien, dit-elle !

La voilà qui redisparaît par l'ouverture. Le trapon se referme. Nous sommes seuls.

— Jusqu'ici, fait Béru en s'abattant sur une natte, on peut pas dire que ça se soye mal passé.

— Non, conviens-je, seulement je ne crois pas que cette première journée en terre chinoise ait fait avancer notre mission.

— Bast ! me console le Flegmatique, y a temps pour tout, mec.

Et sur ces fortes paroles il se met à ronfler.

CHAPITRE HUIT

Pour ma part, ne possédant pas, hélas ! la sérénité du Gros, il m'est impossible de trouver le sommeil. Dans le feu de l'action et devant les exigences de l'instant on perd de vue la gravité de la situation. Mais pendant une période d'accalmie, la réalité se dégage et montre son sale visage. Les périls blafards se dressent comme des spectres à la lueur d'un falot. Ils sont tous là, hideux, menaçants, funèbres, qui me défriment avec les trous noirs de leurs orbites vides. Comme je me sens perdu dans ce formidable pays, immense et surpeuplé, qui craque de trop de vie impossible à contenir et que l'on sent inflexible et dur. Depuis longtemps l'alerte a dû être donnée. On nous cherche. Notre piste sera facile à trouver, car nous avons été très remarqués dans les ruelles de Chou Far Ci…

Non, les gars, croyez-moi, cette entreprise est vouée à l'échec. Comment peut-on espérer passer inaperçu dans un pays dont les habitants n'ont pas la même couleur de peau que vous ?

Je suis en pleine moulinette farceuse lorsque j'entends s'ouvrir la trappe. C'est la ravissante, l'inoubliable Vao Dan Sing qui vient se coucher, la chère âme.

Cette présence de choix me change un peu les idées. De noires, elles deviennent grises avec une légère pointe de rose sur les bords et le pourtour. Je me ferais bien un gala d'adieu avec elle, franchement. Le précaire, ça stimule les glandes, mes fifilles. L'homme qui vit à la seconde la seconde, il a besoin de jouir de la vie en totalité. Seulement cette môme ne m'a pas paru d'un accès fastoche et en ma qualité d'homme traqué auquel on a bien voulu accorder le droit d'asile, je ne peux pas me permettre des voies de fait. Gentleman avant tout, votre San-A., mes belles ! Tringleur ardent, ça oui, mais les belles manières avant tout.

J'entends la môme qui s'allonge sur sa couche. Je l'imagine dans la position horizontale, avec pas plus de fringues sur le dossard qu'au moment de sa naissance. Ça doit être du sujet de premier choix. Je passe en revue les grands trucs de mon répertoire, ceux qui m'ont valu des certificats de bonnes éconduites, des médailles d'or et des citations à l'ordre des bien armés. Ça me fulgure dans la gamberge toutes ces astuces plumardières.

J'en découvre des nouvelles, encore jamais appliquées. Je suis en état de grâce, quoi ! Comme dit l'autre, avec un jeu pareil, je ne peux pas me permettre de passer.

Doucettement je me lève et je gagne la pièce voisine. La gosse lit un rouleau de papier peint à la faible lueur d'une lampe à huile. En m'apercevant elle fronce les sourcils et, d'instinct, remonte jusqu'à son menton sa couverture de soie.

— Que faites-vous ? me demande-t-elle.

— Un peu d'insomnie, lui réponds-je. Ça vous ennuie de bavarder un instant avec moi ?

— Je suis couchée, objecte-t-elle.

— Ça n'a jamais empêché personne de parler,

songez même qu'à l'Opéra dans *Faust*, Marguerite envoie son grand air couchée, vous savez : *Anges purs, anges radieux.*

Mais il n'est peut-être pas venu jusqu'en Chine, le machin du père Gounod.

Elle me regarde sans ciller, puis ses yeux se détournent.

— C'est gentil ce que vous faites pour nous, votre père et vous, chambré-je. Je voudrais pouvoir vous prouver ma reconnaissance un jour...

— Nous le faisons pour mon cousin, coupe-t-elle. En voilà une, je vous jure que j'aimerais trouver son mode d'emploi ! Il est aussi vain d'espérer la séduire que d'espérer dénicher cette fichue base. Il doit y avoir une façon de baratiner les petites Chinetoques et je ne l'ai pas trouvée. Enfin quoi, dans un bled qui va sur son milliardième habitant, les nanas doivent pas rester vierges, ou alors le Saint-Esprit a installé à Pékin sa maison mère !

Dans les bouquins de mon enfance, les Chinois parlaient toujours avec des fioritures à chaque phrase. Des fois que je devrais essayer, non ?

— Vao Dan Sing, balbu-siège[1] avec ma voix mouillée pour pénombre rose avec accompagnement de guitares espagnoles en fond sonore ; Vao Dan Sing, depuis que j'ai ouvert les yeux sur le monde, jamais il ne me fut donné d'admirer beauté plus parfaite que la vôtre ! L'aube dont la brume s'irise, le cygne qui glisse sur l'eau verte entre les nénuphars, la rose emperlée de rosée, les cimes blanches et inviolées des montagnes dans la triomphale lumière du soleil, le mystérieux sou-

1. C'est aussi joli écrit comme ça, non ?

rire de la *signora* Mona Lisa, tout cela n'est que cendres grises à côté de votre éblouissante perfection !

J'attends en me demandant s'il est bon de lui en faire un paquet ou si elle va le consommer tout de suite. Alors la belle Vao éclate de rire. C'est la première fois et c'est beau. Ses dents nacrées brillent à la lueur de la loupiote.

— C'est dans votre pays qu'on s'exprime de cette manière ! pouffe-t-elle. Je n'ai jamais rien entendu de plus drôle !

Je suis un peu vexé, pourtant j'ai réussi à l'amuser et, je vous le répète dans chacun de mes chefs-d'œuvre, le rire est le plus sûr chemin qui conduise au dodo d'une nana.

La femme que vous faites rire vous appartient déjà un peu, car vous avez commencé à lui faire du bien ; or, les frangines ont la reconnaissance de la rate.

— Dans mon pays, attaqué-je vaillamment, on fait des choses absolument insensées.

— Par exemple ?

— Par exemple, quand un garçon comme moi rencontre une fille comme vous, il oublie séance tenante sa date de naissance et son numéro de téléphone pour ne plus penser qu'à elle.

— Vraiment ?

— Tout ce qu'il y a de vraiment. Vous êtes si sensationnelle, Vao, que vous méritez le voyage. Je me ferais bouddhiste pour obtenir un seul baiser de vous.

— Un quoi ? demande-t-elle.

— Ça, dis-je en posant mes lèvres sur les siennes.

— Mais c'est affreux, s'indigne-t-elle.

— Pas tellement, Vao. Faut s'y habituer, c'est comme l'opium. Quand on insiste, ça devient intéressant. Vous allez voir.

Elle essaie de me repousser, mais mollement, si bien qu'à nouveau je peux l'embrasser. Cette fois, je ne me contente pas du baiser de collégien pubère. C'est le grand mimi hydraté, avec contrôle des incisives, bouillon de culture interchangé et exploration de la membrane muqueuse.

Elle suffoque, pourtant mon petit doigt me chuchote qu'elle aime mieux ça qu'un flan à la vanille, Vao. Elle découvre le comportement occidental et ça lui donne des idées d'expansion. Je suis en train de précipiter le péril jaune, les mecs. Si la môme manque de discrétion, les friponnes petites Chinoises pousseront leurs guerriers à foncer *nach* l'Europe. Ils traversent l'Inde mystérieuse, le Pakistan, l'Afghanistan, la Turquie. Je le vois d'ici, l'itinéraire ! Ils couperont par la Bulgarie, histoire de vérifier si Loren est à Sofia, ils traverseront la Yougoslavie (et si Tito n'est pas content il en prendra pour son Belgrade). Ensuite, ce sera la chère Italie et, enfin la France, de bas en haut, de gauche à droite, la France réputée éternelle. Comment qu'elles s'engageront alors dans l'intendance, les filles du ciel, pour se faire grimper jusqu'au septième par les dégourdis de la VIe car vous pensez bien qu'on changera de slips (et de république pour la circonstance, vu qu'on se sera oubliés dans les uns et dans les autres).

Bref, pour vous en revenir à mon sujet d'élite, la voilà qui découvre *the french* bécot et qui en redemande. Généreux de nature, je lui en redonne en lui consentant même une avance sur ses prochaines attributions.

Elle est fraîche comme la campagne, cette gosse. Et quel délicat parfum, quelle douce couleur de peau, quel velouté !... Je m'imagine avec elle à mon bras ou moi au sien à la terrasse du Fouquet's. Faudrait un service d'ordre pour écarter les draguemen fureteurs. Y aurait tellement de regards brûlants braqués sur elle que j'aurais pas besoin de lui acheter un manteau de fourrure.

La voilà qui pousse un curieux petit soupir. J'en prends de l'émoi dans tout l'hémisphère austral. J'aime bien les gonzesses sonorisées, moi, elles portent à l'incandescence. Les silencieuses, ça plonge dans l'indécision. On a toujours l'impression, au plus fort de la chasse à courre, qu'elles se demandent si elles ont bien fermé le gaz avant de venir. Tandis qu'une expansive, une qui fait le point au fur et à mesure et qui assure la retransmission en direct, ça vous survolte le transistor à tête chercheuse.

Les mademoiselles-dents-serrées-à-laine-fraîche sont trop préoccupantes pour qu'on s'abandonne carrément.

Vao Dan Sing re-soupire.

Un vieux proverbe de Félicie assure que « Cœur qui soupire n'a pas ce qu'il désire ». *Immediately*, je décide d'envoyer une commission d'enquête sur place pour s'assurer des aspirations de Vao. Au premier contact, je m'aperçois qu'elles sont grandes. Sans plus tergiverser, j'entreprends mon travail de propagande et de propagation. Je lui fais : la chenille processionnaire, le médius caverneux, le contre-écrou inversé, le plissement alpin, la pelle-bêche-tête-bêche, le pointillé langoureux, le bourgeon sensoriel, le grand hypoglosse surmené, le *finger* en *gold*, le petit exavateur téléscopique et, pour conclure, l'homme de gros mognon. J'évite la brouette chinoise par prudence, cette fifille pouvant fort bien l'avoir expérimentée avec un technicien du cru. Elle en oublie son anglais, Vao Dan Sing ! Elle interjectionne et onomatope plus qu'en chinois. C'est une frénétique dans son genre. Une goulue ! Y a ramdam monstre dans la soupente ! Je suis promu Ka tsa no va donneur par exclamations ! On m'acclame ! On m'élit ! On met l'eau ! On m'accapare ! On m'exclusifie ! Bravo, San-Antonio, ça c'est de la prouesse ! Merci pour l'Europe unie ! Vive la France ! Et la fête continue. Défilé aux lampions, chandelles romaines, feu d'artifesse, oh ! la belle bleue ! Vive M. le maire !

Quand j'actionne les rétrofusées pour l'alunissage, la môme Vao ne sait même plus qu'elle est chinoise. Elle a le regard en lanterne, la bouche en ouverture de boîte aux lettres, les membres flasques et le système nerveux en rechapage. Bien entendu, les âmes chagrines vont encore prétendre que j'en remets, que j'exagère, que je tricolorise du radada. J'ai lu accidentellement la prose (je trouve pas d'autre qualificatif) d'une ulcérée de la jarretelle qui, dans un article (je continue à ne pas trouver d'autres mots) publié par un bulletin (c'est pourtant vrai que j'exagère puisque j'appelle ça un bulletin) extrêmement confidentiel, déclare que j'en remets pour rassurer le lecteur sur sa propre virilité. Textuel !

Je crois qu'elle ferait mieux d'analyser ses urines plutôt que mes écrits, la Madame Pudeur en question. Et pour lui prouver que mon vocabulaire n'est pas indigent, je tiens à lui dire qu'elle est une ratée de sommier, une refroidie du rez-de-chaussée, une virtuose du solo de mandoline, une passée-outre, une pas-réussie, une chagrineuse, une punisseuse, une embêcheuse de baiser en rond, une déglandée, une courroucée, une sèche, une qui voudrait qu'on l'inculque en couronne, une pionne à tout faire, une patibulaire, une pas tubulaire, une… Oh ! et puis flûte, de quoi je m'occupe, laissons donc les araignées tisser paisiblement leur toile sur le siège de sa vertu.

Donc, Vao Dan Sing est apparemment satisfaite de ma démonstration. Après un long temps d'immobilité, elle se met à me caresser les cheveux de ses longs doigts effilés. Sa petite poitrine bien drue s'apaise.

— Vous êtes un grand fou, murmure-t-elle, tout comme la première midinette venue.

Elle se penche au-dessus de moi et enfouit sa tête dans le creux de mon épaule.

— J'ai bien peur de ne plus pouvoir vous oublier, chuchote-t-elle.

J'aimerais lui roucouler des gentillesses, mais en anglais, c'est pas possible ! Dans la vie, y a deux sortes de frangines : celles à qui l'on dit qu'on a un rendez-vous urgent après l'amour, et celles avec lesquelles on recommence. Vao Dan Sing appartient à la seconde catégorie. Ce que je ne peux lui dire en français, je le lui fais en français. Elle est d'accord. Une passionnée, les gars ! Ce vertige ! Cette culbute dans les abîmes de la passion A la fin (la vraie), elle se met à pleurer d'émotion. Chez les Chinoises paraîtrait que c'est plutôt rarissime. Elle sanglote, elle hoquette et me bredouille des délicatesses dans sa langue maternelle (que je commence à bien connaître de l'intérieur). Et puis, tout de go, elle se jette sur moi, me prend la tête à deux mains et murmure :

— Oh ! *my darling*, il faut que vous partiez très vite, cette nuit même…

C'est si peu en rapport (même sexuel) avec l'instant de qualité que je viens de vivre que j'en écarquille les châsses comme des bouches d'égout. Enfin quoi, je vous fais juges, mes petites poules. Quand on vient de faire vibrer une demoiselle depuis Dunkerque jusqu'à Tamanrasset et qu'elle a les yeux bordés de reconnaissance, on s'attend plutôt à ce qu'elle vous retienne par les basques de votre slip, non ? Au contraire, ma Chinetoque bien fourbie (au point que j'ai l'impression d'avoir fait les cuivres) me demande de calter.

— Mais, tendre trésor de la Chine millénaire, que je lui rétorque, si nous partons maintenant nous allons nous faire cueillir par la première patrouille venue. Vous voulez donc notre mort ?

— Au contraire, susurre la douce enfant, je veux vous sauver.

— Expliquez-vous, ma belle déesse citronnée.

Elle hésite, son sourire a disparu, ses yeux en virgule sont devenus fixes.

— Vous couriez un grand danger, mon cousin Lang Fou Ré n'est pas l'ami que vous supposez.

Je fais la grimace.

— Sans blague ? m'exclamé-je en anglais.

— C'est un agent du Grand Poû La Gha. Comme il parle français, on l'a enfermé avec votre gros ami afin de lui tirer les vers *of the nose*…

Je comprends tout. Y compris pourquoi nous nous évadâmes sans trop d'encombres.

— Pourquoi cette ruse, les moyens de pression ne doivent pas manquer pour faire parler un homme ? m'étonné-je.

Vao secoua sa belle nuque fine et souple comme une tige d'arum.

— On a craint sans doute que vous ne parliez pas ou que vous ne disiez pas tout ! Vous comprenez pourquoi il faut partir ?

Je serre les poings. J'avais déjà refilé toute ma sympathie à Lang Fou Ré, plus un début d'amitié.

— Quel salaud ! dis-je en français, parce que vraiment il n'y a que dans la langue de Cambronne qu'on puisse exprimer certains sentiments très intenses.

« Merci du tuyau, ma jolie, reprends-je en lui

octroyant la galoche de la reconnaissance à titre posthume. Je ne sais pas trop ce que nous allons faire, mais nous allons le faire !

— Je pars avec vous ! décide-t-elle dans un élan.

C'est du fanatisme ou je ne m'y connais pas, admettez ! Les tourmentés de la ceinture de chasteté que je vous causais un peu plus haut pousseraient une frime contrite, marrie et ronchonneuse s'ils étaient là !

Elle veut racheter la vilenie du cousin, Vao. Elle en a honte cruellement qu'il appartienne au Grand Poû La Gha, le camarade Lang, et qu'il joue les faux derches avec nous. Elle se donne totalement cette fifille. Pas de demi-mesure : la ferme et les chevaux en même temps que la vertu, voilà comment qu'elle est !

— Ce serait de la folie, Vao, mon amour, je lui réponds.

— C'en serait une bien plus grande encore si vous partiez seuls !

J'hésite. Non, décidément, je ne peux pas accepter un tel sacrifice. Elle se condamnerait en faisant cela.

— Je ne veux pas, chérie, insisté-je en m'efforçant de rester ferme sur les prix. De toute manière, nous sommes perdus, alors à quoi bon vous entraîner avec nous dans la mort !

Bien dit, non ? On se croirait dans une tragédie antique.

— Vous cherchez à quitter la Chine si j'ai bien compris ? demande-t-elle.

— Oui, mais pas tout de suite, Vao.

— Comment cela ?

— Mettons que nous ayons un petit travail à y accomplir auparavant.

Elle fronce les sourcils.

— Un petit travail ?

— Heu, dis-je après m'être mordu la lèvre supérieure en m'aidant pour ce faire de ma mâchoire inférieure, un travail d'information. Nous sommes des journalistes français, mon petit cœur. Nous avons décidé de tenter une grande enquête sur votre pays…

— Si vous enquêtez trop longtemps, jamais vous ne pourrez publier votre reportage, prophétise la ravissante enfant. Avez-vous au moins des amis dans le pays, des endroits où vous pourriez vous réfugier en cas de besoin, des appuis ?

Je secoue la tête lamentablement.

— Hélas ! non, belle Vao, vous êtes, avec votre foutu cousin, les seules personnes que nous connaissions.

— Alors, vous voyez bien que vous avez besoin de moi, dit-elle d'une voix âpre.

Elle se lève, décidée, ardente, somptueuse comme une amazone.

— Allez chercher votre ami, mais surtout ne faites pas de bruit ; il faut que nous sortions sans réveiller Lang Fou Ré.

Je secoue la hure du Gravos après l'avoir saisie par le menton.

— Ohé, Grosse pomme, soufflé-je, ouvre tes jolis yeux sanguinolents.

Il obéit, lape à vide comme toujours en pareil cas et murmure d'une voix aussi fluide qu'un seau de goudron.

— On est déjà à Villeneuve-Saint-Georges ?

— Presque.

Il s'assied en geignant, se masse les lampions entre le pouce et l'index, ce qui produit un curieux petit bruit de girouette surmenée par le mistral, et murmure :

— Je rêvais que je rentrais de la Côte d'Azur avec

ma Berthe et qu'on se tapait un morceau de calendos dans le train…

— Viens, mec, tranché-je, c'est pas le moment de potasser la clé des songes, on les met.

— Qu'est-ce qui se passe ?

— Il se passe que ton ami Lang Fou Ré est un salopard et qu'il appartient aux services secrets chinois. Si on reste sous sa tutelle, d'ici pas longtemps et peut-être avant, on va se retrouver au paradis.

— Lui ? T'es dingue ! proteste Bérurier, toujours généreux dans ses sympathies. Y a pas plus chouette que ce gars-là. Il nous l'a prouvé, je crois !

— Du bluff, Béru. Du bluff. C'est une manœuvre.

— Comment que tu le sais ?

— La cousine ! Je lui ai fait son gala de l'Union et ça l'a tellement chavirée qu'elle m'a mis au parfum ! Elle va essayer de nous sauver la mise. Alors si tu peux te déplacer sans casser la vaisselle ni renverser les tables, c'est le moment !

Il branle le chef.

— Pas d'accord, San-A., déclare-t-il. Si Lang Fou Ré nous double, je tiens à lui mettre mes poings sur les z'i avant de filer.

— Les représailles sont un luxe qui n'est pas dans nos prix, tranché-je. Allez, ouste, arrive !

On s'engage dans le roide escadrin. La belle Vao est en bas qui nous attend. Je passe le premier, Béru suit en soufflant fort. A mi-parcours, il rate un échelon et achève sa descente en chute libre.

Ça fait un bruit terrible. Un sac de farine tombant d'un troisième étage sur un plancher vermoulu. Les lames de bois peuvent pas résister et le Gros se retrouve déguisé en homme-tronc. Je l'aide à s'extraire de sa fâcheuse position. A cet instant, le camarade Lang Fou Ré surgit, les carreaux encroisillonnés de sommeil.

— Que se passe-t-il ? demande l'agent du Grand Poû La Gha.

En une seule enjambée je suis sur lui.

— Ça ! dis-je simplement.

Mon crochet au menton le décolle du sol. Il fait un vol plané et s'abat à la renverse, les bras en croix, plus k.-o. qu'un cheminot venant de prendre une ruade de locomotive dans le tarin.

CHAPITRE NEUF

Je ne sais pas si les Chinois sont aussi impassibles qu'on veut bien le dire, en tout cas je puis vous assurer que certaines Chinoises, elles, le sont. Exemple, la resplendissante Vao Dan Sing qui regarde maillocher son cousin d'un œil indifférent.

Elle ressemble à une belle chatte siamoise qui regarderait se déchirer des matous pour ses beaux yeux bleus.

— Et maintenant partons ! fait-elle de sa voix unie. La nuit est limpide comme un torrent de montagne. Les étoiles brillent comme des cailloux[1]. Vao Dan Sing marche devant nous, d'une allure souple et féline. Quelle belle bête il y a là, cré bon gu ! En voyant onduler ses hanches, ma parole d'homme, je remettrais aussi sec le couvert. Béru louche aussi sur le valseur de mademoiselle puisqu'il murmure à un certain moment :

— T'as pas dû t'embêter, gars !

1. Oui, je sais, mais il en faut pour tous les goûts, non ? C'est mon universalité qui assure mon succès.

— La chose revêtait effectivement un certain intérêt, phrasé-je.

— Elle a le baigneur monté sur roulement à billes, cette Miss Camomille ! Quand tu lui interprètes le grand air de *Cavaliera Rusticana*, tu dois avoir l'impression de courir le prix de Diane !

— Chasse tes idées salaces, Gros, l'heure n'est plus à la jambon's party.

Vao nous drive avec beaucoup de sûreté dans des ruelles de plus en plus étroites et biscornues. Arrivée à un croisement, elle s'immobilise brusquement et nous fait signe de nous planquer sous un auvent. Deux policiers en uniforme patrouillent. Ils avisent notre cicérone et l'interpellent. Sans se départir de son calme, Vao s'approche d'eux et leur jacte des explications qui, vraisemblablement les satisfont puisqu'ils reprennent leur ronde.

— Que leur avez-vous dit ? murmuré-je après l'avoir rejointe, une fois l'alerte passée.

— Que j'aillais chercher un médecin pour mon père malade.

— Où nous conduisez-vous ?

— Dans un entrepôt que nous possédons non loin d'ici. Vous vous y cacherez en attendant que je trouve une voiture.

— Une voiture ! m'exclamé-je.

— Une de mes camarades travaille aux Va Ghon Li Couk, c'est elle qui assure le service postal entre le rail et la grand-poste de Chou Far Ci. Je vais lui demander de me prêter l'auto de son service. A bord d'une voiture de l'administration nous serons en sécurité.

Quelques minutes plus tard, elle nous introduit (à charge de revanche) dans un vieux hangar pourri, couvert de toile goudronnée. Un capharnaüm plus lamentable que celui de l'échoppe du vieux magot s'empile dans le local.

— Pendant mon absence, vous allez rester dans l'obscurité, nous recommande-t-elle, il ne s'agit pas de signaler votre présence.

Je la saisis dans mes bras.

— Vao, mon cher amour, vous êtes la fille la plus sensationnelle qu'il m'ait été donné de rencontrer, mens-je (vu que j'en ai rencontré d'autres).

Elle frotte ses petits seins contre ma poitrine. Dans le noir je cherche et trouve ses lèvres ardentes. Notre baiser passionné se prolonge, vachement fameux.

— Après vous s'il en reste, soupire Bérurier.

Nous nous séparons, elle et moi, à regret, la bouche blasée.

— Dans quelle région de Chine souhaiteriez-vous aller ? s'inquiète Vao.

— Je n'en sais rien, lui répondis-je.

Je ne vois pas son regard, mais à sa voix je le devine bourré d'incrédulité.

— Vous faites un drôle d'enquêteur !

— A vrai dire, ma chérie, je sais ce que je cherche, mais j'ignore où cela se trouve. Probablement dans une région désertique.

— Si vous me disiez ce dont il s'agit, peut-être pourrais-je vous orienter ?

Il est des circonstances dans la vie où l'agent le plus secret doit se confier. Je me dis que ça n'est pas en jouant Motus (pièce en trois actes de Vivendi) d'une façon systématique que j'arriverai à dégauchir cette saloperie de base.

— Votre pays s'amuse à balancer des satellites, révélé-je. Ce sont les plus gros engins jamais propulsés dans le cosmos. Pour réaliser ce tour de force, il faut de l'espace, ce n'est pas depuis la terrasse du *Pékinois Libéré* qu'on peut opérer des shoots de cette ampleur !

— Nous devons donc longer la limite du Sin Kiang, assure-t-elle résolument.

Son « nous » me va droit au cœur. Elle n'a pas froid aux châsses, ma nouvelle conquête. Je dois l'avoir particulièrement bien réussie pour qu'elle abandonne tout et affronte les pires dangers. On ne chantera jamais assez l'abnégation des femmes.

Elle part. Nous nous asseyons (à tâtons) sur des ballots (ce genre de sièges convenant admirablement au Gros) et nous attendons. Le silence est profond. Mais voici que, tout à coup, un frôlement se fait entendre contre la porte du hangar.

— V'là de la visite, chuchote le Mastar dont l'ouïe est fine quand il ne dort pas.

Le frôlement se fait plus insistant. La porte bouge. De toute évidence quelqu'un la tripatouille.

— Qu'est-ce que tu crois qu'il s'agit ? demande Bérurier.

— Peut-être un cambrioleur, supposé-je.

— Ce serait le comble, il pourrait pas venir à un autre moment !

— Tu sais, même en Chine, ces messieurs font plutôt équipe de nuit !

On tâtonne dans l'ombre à la recherche d'un truc contondant qui nous permettrait d'infliger au visiteur du soir l'accueil qu'il mérite.

Mais à cet instant, un bêlement lamentable éclate dans la nuit étale.

— C'est Cyprien ! s'exclame le Gros. Tu parles d'un féal, çui-là !

— Inconditionnel à part entière, renchéris-je. Il a retrouvé ta trace…

« Il est vrai, ajouté-je, que pour un animal possédant l'odorat surdéveloppé, elle doit être facile à suivre. »

— On lui ouvre ?

— A quoi bon, on ne va pas l'emmener avec !

— Mais s'il gueule encore longtemps comme ça, il va finir par attirer l'attention !

— Tu as raison, ouvre-lui !

La joie de ce bélier est indescriptible. Il se frotte au Gravos en poussant des soupirs pâmés. Il est enamouré, en transe, fou de bonheur. Généreux, le gars Béru se déchausse afin de récompenser comme il se doit le fidèle animal.

*
* *

Une petite heure s'écoule. Le calme est revenu dans le quartier silencieux. Béru somnole contre la laine de Cyprien. Je commence à redouter que Vao n'ait eu des ennuis lorsque je perçois un ronflement de moteur. Le bruit grandit. Une voiture stoppe devant la porte du hangar, mais sans que son moulin s'arrête de tourner.

Le pas léger de Vao retentit, je la reconnais. Effectivement, le vantail s'écarte et sa merveilleuse silhouette se découpe dans le rectangle de clarté.

— Ne bougez pas ! recommande-t-elle, je vais entrer en marche arrière, car il y a des policiers non loin d'ici.

Nous la laissons manœuvrer. Elle pilote une camionnette rouge comme une bagnole de pompelards sur laquelle sont peints en noir des caractères chinois.

Le véhicule pénètre à reculons dans l'entrepôt. Bravo, petite Vao ! Je crois que c'est la Providence qui l'a mise sur notre route ! Maintenant elle est devenue notre ange gardien. Un ange gardien qui n'a pas froid aux yeux et qui, moralement, a du poil au cœur !

Elle redescend, fait basculer le plateau arrière de la camionnette. Nous nous avançons pour prendre place à l'intérieur. A cet instant, un projecteur s'éclaire dans le véhicule, qui nous frappe en pleine poire. Je cligne des yeux, je détourne la tête, ébloui. Ça grouille dans le camion ! Ça glapit ! Mettant ma main en écran pour me protéger des ardeurs du projo, j'aperçois quatre poulagas en uniforme, dont l'un est assis derrière une mitrailleuse également braquée sur nous. Pour une surprise, c'est une stupeur, mes fils ! J'en ai la rate qui fait le grand écart, le sang qui se fluidifie, les poumons qui se contractent et les nerfs qui se foutent en pelote.

Désillusion ! Faillite ! Abîmes insondables ! Culbute dans l'amertume ! Chute libre dans le néant ! Dépression ! Dur impact avec la non moins dure réalité ! Nous avons été flouzés, blousés, feintés, brossés, cocus. Vao Dan Sing n'est pas l'amazone éperdue d'amour que je croyais ! Elle n'est pas la cavalière Elsa annoncée à l'extérieur ! Vao Dan Sing est une garce ! Vao Dan Sing est une judasse ! Vao Dan Sing est une salaude !

— Pas un geste ou vous êtes morts ! s'écria-t-elle en s'avançant.

Bérurier qui revient de sa stupeur comme on remonte des fonds marins, en effectuant des paliers de décompression, murmure :

— Elle est bath, ta sauveuse, pauv' cloche ! Comment qu'elle t'a pigeonné, la Miss Réglisse !

Ma commotion est trop forte pour que je puisse répondre.

— Les mains en l'air ! clame la fille.

Nous obéissons. Elle a un sourire maléfique, on sent qu'elle prend son panard plus intensément que tout à l'heure.

— Vous êtes un imbécile, mon cher, me fait-elle

rageusement. Lang Fou Ré, ma crapule de cousin, jouait franc-jeu avec vous. L'idiot a été mal inspiré en venant à la maison, car je suis la présidente de la Section des Dragons Rouges du Kremlin Bi Sètre.

— Bravo, murmuré-je, vous avez magnifiquement manœuvré, et d'une façon très agréable, Vao. C'est un ravissement que d'être arnaqué dans de pareilles conditions !

Je biaise, car j'ai la rage au cœur. Et voici que le fichtre me prend. J'agis sans le vouloir, sans le savoir, impulsivement. Elle est devant moi. J'abats mes bras levés sur elle, je la plaque contre ma poitrine, d'une étreinte irrésistible. Un littérateur moyen dirait que je m'en fais un vivant bouclier. Elle a beau gigoter, cette vipère lubrique, je la cramponne ferme.

Le mitrailleur pousse un cri terrible. Ça doit signifier : « Lâchez-la sinon je défouraille. » Il a eu tort de glapir si fort. Cyprien a horreur qu'on fasse du suif dans son espace vital. Il fonce sur la camionnette, d'un bond léopardien, il bondit sur le plateau et culbute la mitrailleuse et le mitrailleur en filant des coups de boule à la ronde. Les quatre flicards s'évacuent en vitesse.

Ils sont mauvais ! Ça commence à canarder. Je sens Vao toute molle dans mes bras. Elle vient d'effacer la première rafale. Bien fait pour elle ! C'est alors que j'assiste à du grand spectacle. Un super-gala signé Béru.

Au moment où les poulets ont sauté de la camionnette afin d'esquiver les charges forcenées du bélier, le Gros s'est payé le luxe d'en cueillir un par le ceinturon. Il le fait tourner à bout de bras, lui fracasse le bol contre un montant du véhicule et le propulse dans les cannes d'un second. Et puis sans perdre un quart de seconde il bondit dans le camion, relève la mitrailleuse et arrose au pied du plateau.

— Barre tes os, San-A. ! exhorte le Magistral.

Je calte derrière une pile de caisses. C'est dantesque ce qui se passe, les gars ! Il est dans un état second, notre bon Gros. Inspiré ! Le Dieu de la guerre ! Oui, c'est Mars en carême ! Il tac-taque à tout-va, inlassablement, en bon paysan ayant appris à œuvrer méthodiquement.

En un rien de temps les quatre poulagas sont étendus dans la poussière, avec Miss Vao par-dessus.

— Arrête, crié-je.

Je cavale au volant, je démarre en trombe. Des gus radinent de toute part et même d'ailleurs. Ça fourmille intensément. Je fonce dans le tas, le tas s'écarte. Nous passons, je déboule tant que ça peut à travers les ruelles étroites. Tentatives vaines ! Fuite insensée ! Dans quelques minutes on nous donnera la chasse.

Peu importe.

Avec le rire, la bagarre, c'est le propre de l'homme.

CHAPITRE DIX

Pendant plus de vingt minutes rien ne se produit. Je roule en direction de l'ouest, à fond de plancher, sur des chemins chaotiques. De temps à autre nous croisons une patrouille de police, mais les lettres peintes sur les flancs de la camionnette doivent signaler que notre véhicule appartient à l'administration car personne ne nous demande rien.

Et puis, tout à coup, deux phares puissants surgissent derrière nous, enveloppant notre bagnole dans une impitoyable lumière blanche.

Je mate dans le rétroviseur, inquiet. Est-ce le début de la chasse ? Afin de m'en assurer je champignonne un peu plus. Effectivement, la voiture suiveuse force l'allure. Elle gagne du terrain sur nous. Je me jette sur un chemin de traverse, l'autre guinde en fait autant. Pas de doute, c'est pour nous ! M'est avis, les enfants, que c'est ici que les Athéniens s'atteignirent ! Je me demande si, à l'arrière de la camionnette, le cher Béru s'est aperçu de la chose.

Nous ne pouvons correspondre et c'est fort dommage. Sans lâcher le volant, je file quelques vaches coups de poing dans la cloison de la cabine. Un long bâillement me répond. Je suis prêt à vous parier une poignée de fèves contre une poignée de main que cette pomme-à-l'eau dormait.

Mais il s'éveille. Il réagit. Il agit ! Il a compris qu'on nous donnait l'assaut. Alors il branche le projecteur fixé sur le plateau de notre chignole en plein dans les carreaux des poursuivants. Je vois tanguer les phares, là-bas. Aveuglé, le pilote de l'auto fileuse décrit quelques embardées. Soudain il y a un choc. Un bruit de verre cassé. Notre projo s'éteint. Ces carnes ont défouraillé dans notre wonder, le réduisant en poudre de verre. Pourvu que Béru n'ait pas été atteint ! Mais non. Ça crépite dans mon dos. Il tire, le chéri. Sa mitrailleuse, manœuvrée de main de maître, distribue force valdoches. L'un des phares de la carriole s'engloutit. Les voici cyclopes, nos petits aminches ! Le Gros remet une seringuée. La bonne ! Cette fois le dernier phare quitte la route et se met à gambader dans la cambrousse ; il chavire, s'éteint. Nous sommes tranquilles pour un moment. La route sur laquelle je me suis engagé est désespérément rectiligne. Elle s'en va, toute droite à travers une plaine dénudée. Je bouffe des kilomètres, pour dire de faire quelque chose, sachant pertinemment que la partie est foutue d'avance. Où que nous nous dirigions, quelle que soit la distance parcourue, cette fuite est stérile. Nous serons pris.

Je ralentis et stoppe. Bérurier vient me rejoindre à l'avant.

— T'as vu ce bath carton ? exulte-t-il.

Il se croit en Sologne, le Gros. A la chasse du baron. Il mate son tableau de chasse en ayant la satisfaction de la performance accomplie. Il ne se pose pas de problème. La victoire momentanée suffit à sa quiétude bourgeoise.

— Beau boulot, complimenté-je, mais je ne crois pas que nos ennuis soient terminés.

— Où qu'elle va cette route ?

— Je n'en sais rien. Mais celà n'a aucune importance puisque nous ignorons où nous devons aller…

Je redémarre.

— Roulons encore un peu pendant qu'il fait nuit, on tâchera de trouver un coin où se planquer pendant le jour… Que peut-on faire d'autre ?

— Je repense à Lang Fou Ré, murmure Béru au bout d'un instant de silence. Lui filer une mentonnière en os après ce qu'il a fait pour nous, c'est vache !

— Tout le monde peut se gourer, plaidé-je sans conviction.

— T'as trop tendance à te fier aux apparences, sermonne le Sentencieux ; toi, dès qu'une nana pas trop rabougrie du valseur te fait risette, t'es prêt à lui tresser une couronne d'impérateuse sans même filer un coup de saveur à son pedigree. On va droit à l'arnaque avec cette mentalité, gars, t'as pu t'en rendre compte !

J'acquiesce, sachant reconnaître mes torts lorsque je n'ai pas raison.

— Tu te rends compte que c'est grâce à Cyprien qu'on a pu se garer les plumes, San-A. ! s'attendrit le Débonnaire. C'te bête-là c'est un collaborateur de choix. A la Grande Volière on a des équipiers qui le valent pas !

Il se tait, son sourire s'efface.

— Ça y est, remettez-nous ça la patronne ! fait-il. Vise un peu, la route est barrée.

J'ai déjà vu, déjà freiné.

— Eteins tes calbombes ! conseille-t-il.

Je coupe les phares. A quelques centaines de mètres, un barrage se dresse. On aperçoit des lueurs, des uniformes, des éclats métalliques.

— Je vais faire demi-tour, dis-je sombrement.

Juste comme je passe la marche arrière, de nouveaux phares bondissent dans mon rétroviseur. Trop tard, nous sommes coincés. Béru a réalisé la situation également.

— On leur joue tagadaga-da à la mitrailleuse ? me demande-t-il. Y me reste encore un bout de bande…

— A quoi bon, mate un peu ce qui rapplique, une vraie caravane ! Après tout ces gens ne nous ont rien fait, les démolir pour les démolir ce ne serait pas fair-play !

— Alors les coudes au corps en rase campagne ! s'écrie-t-il en s'élançant.

Pourquoi pas ? Je l'imite ! Nous fonçons à travers les broussailles sèches. On dirait qu'il nous est poussé des ailes aux talons ! De quoi mystifier Jazy ! Le zig qui a bu trop de cidre ou bouffé trop de pruneaux ne se rue pas plus vite vers le châtelet de nécessité. J'entends des coups de freins et des cris, là-bas, sur la route. Je perds pas de temps à me retourner, je bombe. Et le Gravos est aussi véloce que mégnace malgré son excédent de bagages. Faut le voir cavaler dans la cambrousse. Un faon ! Un daim ! Une gazelle ! Un zèbre ! Une flèche ! Un éclair ! Un gros dard ! On enjambe ce qui est enjambable, on force le reste ! On a besoin d'espace et de distance. On se sent inépuisables, légers, pas stoppables. Derrière nous la courante s'organise. Heureusement cette brigade de flics n'a pas de chiens à sa disposition, ayant bouffé le dernier pour la Saint-Germain-en-Chouen-Laye. Ils se déploient en éventail, ce qui est plus japonais que chinetoque. Ils s'arrêtent parfois et vaporisent une tripotée de salves dans notre direction. Sacrée tondeuse à gazon, les broussailles sont coupées autour de nous. On court de tout notre être. Et puis les broussailles se raréfient. Nous arrivons à l'orée d'une zone pelée où végète une maigre flore.

En terrain aussi découvert, je ne donne pas chérot de nos osselets. Il faudrait obliquer sur la gauche pour rester dans le maquis, hélas ! Béru s'est déjà engagé dans ce no man's land. Je suis trop essoufflé pour lui crier de n'en rien faire. Alors, féal jusqu'au bout, je lui file le train. Je vois des panneaux indicateurs plantés en bordure de la lande. Je n'ai pas le temps d'apprendre le chinois chez Berlitz pour pouvoir les lire avant l'arrivée des archers. On cavale de plus belle, les jambes dégagées de toute entrave. Sous nos pas le sol est mollasson comme un tapis de haute laine. Ça canarde toujours. Mais que se passe-t-il ? Nos poursuivants viennent de stopper. Ils renoncent à nous talonner dans la plaine alors que leur tâche s'en trouverait simplifiée.

Ils sont restés dans les broussailles et nous ajustent de leur mieux. Les dragées pleuvent autour de nous, avec de moins en moins de violence puisque nous augmentons la distance. On se fait près d'un kilomètre de la sorte, sans baisser le pied. Maintenant le feu a cessé et l'on n'aperçoit même plus les silhouettes de ceux qui nous traquent. J'ai du feu dans la poitrine et l'oxygène que j'avale tant bien que mal ressemble à de l'acide chlorhydrique. Je me tiens le côté, je boitille. Le Gros se trouve logé à la même enseigne. Il souffle comme un bateau à aubes. On se laisse choir sur le sol mou. Nous sommes pantelants, haletants, vidés, brûlés. Quelques minutes passent, notre sang s'assagit, on recommence à fonctionner à notre rythme. Rien ne se produit. La campagne est vide, pelée, funèbre sous la lune. Quelle nuit, mes chéries !

C'est pas du tout la nuit de Chine, nuit câline, nuit d'amour. Les caresses, les ivresses, c'est torché !

— Ah ! les tantes ! asthmatise Béru, ils m'ont fait pulvériser le record du monde, mais je pense à notre pauvre Cyprien resté entre leurs pattes...

Je dois avouer que, bien qu'adorant les animaux (au barbecue de préférence), mes pensées du moment ne vont pas spécialement au bélier grumeur de plante de pied.

— Je me demande pourquoi ils ont arrêté les poursuites, dis-je.

— Faut toujours que tu te posasses des questions à côté de la montre, ronchonne le Sarcastique. L'essentiel c'est qu'ils nous ont laissés quimper, non ? Que ça soye parce qu'ils avaient peur de se salir le bas du futal ou parce qu'ils avaient rancart ailleurs, on s'en tamponne les stores !

Nous reprenons notre marche, le dos rond, en sautillant sur un sol jonché de pierres aux arêtes vives. Nous franchissons de la sorte deux kilomètres environ et nous nous trouvons devant une gigantesque barrière de fils barbelés. Elle est haute d'au moins quatre mètres, une vraie grille pour court de tennis ! En plus épais !

— On l'a *in the* babe ! anglicise Béru. Nous v'là dans un cul-de-sac ! Oh ! j'en ai class de ce bled, je suis vanné.

Il se couche sur le sol et j'en fais autant. La barrière s'étend à gauche et à droite, jusqu'aux deux horizons. Peut-être marque-t-elle la limite d'un Etat ? Avec ces sacrés Chinetoques on peut s'attendre à tout.

Nous glissons, Sa Majesté et moi, dans une espèce de somnolence poisseuse. L'immensité de ce pays nous accable, nous étouffe.

Tout à coup, un petit bruit étrange se fait entendre dans le silence nocturne. Ça ressemble à un claquement de tenaille sectionnant un fil de fer. C'est grignoteur, quasi régulier : cric ! cric ! cric !

— T'entends ? souffle le Mahousse.

— La ferme !

Je prête l'oreille, le bruit s'amplifie. Il me semble apercevoir une masse sombre à travers les chevaux de frise.

Pas d'erreur, ça remue. Un mec rampant est en train de s'ouvrir un passage dans le formidable écheveau de barbelés. Nous retenons notre souffle, nous faisons corps avec le sol. Cric ! Cric ! ça se rapproche encore. C'est exaspérant de minutie. L'action d'un termite ! Cric ! Cric ! L'ombre se précise. Oui, il s'agit bien d'un homme. Il se faufile comme il peut, coupant de-ci, coupant de-là, étrange jardinier de la nuit en train d'élaguer une haie métallique, de tailler un formidable rosier aux épines d'acier.

Sa main débouche de l'inextricable rideau. Une main hachée par les perfides griffures. Puis son visage se découpe dans l'ouverture qu'il vient de pratiquer. Bouille de cauchemar, lacérée, ruisselante de sang.

L'homme opère une ultime reptation et se redresse. Il fait quelques mouvements d'assouplissement afin de se décontracter. Une autre ombre apparaît, un autre visage griffé s'offre à la clarté de la lune. Les deux hommes s'essuient le visage d'un revers de manche, ensuite de quoi ils s'élancent à travers la plaine.

— Qu'est-ce que tu crois qu'il s'agit ? me chuchote le Gravos.

Je n'ai pas le temps de lui exprimer mon point de vue (Images du monde) car il se produit quelque chose d'inattendu, d'effroyable, d'ahurissant (et je pèse mes mots !). Je vous ai dit que les deux types s'étaient mis à courir à travers la lande, n'est-ce pas ? Laissez-moi ajouter, pour votre enseignement, qu'ils ne vont pas loin. Ils n'ont pas parcouru cinquante mètres qu'une déflagration se produit. Il y a un bref embrasement bourré d'étincelles bleues, une explosion. Le corps de celui qui courait en tête se soulève de terre, tournoie, se disloque, éclate, s'éparpille. Il en pleut de partout. Quant à moi je chope une main sur la figure. Pour Béru il s'agit d'un panard. C'est effrayant, un cauchemar à l'état pur !

Le second homme a été renversé par le souffle de l'explosion.

Il se relève, fait quelques pas en boitillant, puis, comme saisi d'une intense panique, se remet à courir en louvoyant. Il ne va pas loin. Quelques dizaines de mètres et une seconde déflagration le réduit en miettes.

Votre petit camarade San-A., dit l'Invinsible, dit le Téméraire, dit J'ai-pas-peur, dit Trompe-la-mort, se met à glaglater comme un perdu. Je dois ressembler à un tremble ! Je sucre vachement, mes filles ! J'ai les chailles qui interprètent un solo de castagnettes pour quenottes-le-zout.

Ça me fait froid à l'intérieur, j'avoisine le zéro absolu !

— Ça, alors, bégaie Béru ! Ça, alors, c'est pas croyable ! Il fait un pas en avant.

— Ne bouge pas ! abois je. Tu ne comprends donc pas que ce terrain est miné ! Voilà pourquoi il était bordé de panneaux indicateurs ! Voilà pourquoi aussi nos poursuivants ne s'y sont pas aventurés !

Il réalise, le Gros ! Et à son tour il a la bouille qui pend comme un drapeau mouillé sur sa hampe. Son râtelier à freins whestinghouse ronchonne des présages, ayant soudainement repris une pleine et entière autonomie.

— Mais il bredouille, mais alors, San-A…

— Oui, fais-je, complétant sa pensée. Nous avons galopé, toi et moi, dans une plaine truffée de mines. Et nos anges gardiens ont réussi ce miracle de nous faire mettre à chaque foulée nos pieds dans un endroit sain.

Bénis soient-ils, ces vaillants pilotes z'ailés. Cependant ne tentons pas Belzébuth. Une supposition qu'ils fassent la pause-café, nos anges gardiens ! Nous serions illico déguisés en confetti.

— Mais que faire ? clame le Dodu.

Je regarde avec effroi l'immensité hostile qui nous environne comme un linceul dont les plis seraient prêts à se refermer sur nous[1]. A chaque mouvement ce peut être la mort ! Nous avons parcouru plusieurs kilomètres dans un univers piégé, courant à deux, de-ci, de-là, sans jamais heurter un détonateur. Nous venons de voir ces deux pauvres bougres parcourir quelques mètres et se désintégrer. J'aimerais me livrer à un calcul de probabilités qui m'indiquerait combien de milliards de fois il faudrait parcourir une même distance sur ce terrain pour renouveler l'exploit de ne pas sauter !

— Hein, dis voir ? insiste Sa Trouillasse d'une voix qui se fluidifie. Qu'est-ce qu'on va devenir ?

A vrai dire, je ne vois pas.

— Faut réfléchir, bonhomme, ne bronche pas d'un poil !

Je me baisse pour ramasser quelques pierres entre mes deux pieds. Je les lance les unes après les autres, loin de moi. Les deux premières tombent sans histoire, mais la troisième fait partir une nouvelle mine.

— Bon Dieu, les vaches, ils ont pas plaint la marchandise, balbutie le Gravos, c'en est truffé.

Je lève vers le ciel des yeux à la fois reconnaissants et implorants. Une frange ocre, au bord de l'horizon, annonce l'aube.

1. *Note pour la jeunesse.* Voici exactement le genre de phrase qu'il faudra toujours éviter soigneusement !

— Attendons qu'il fasse jour, Gros. Ça ne va pas traîner.

Et pour subir plus facilement notre position verticale, nous nous inclinons l'un vers l'autre, et, joue contre joue, les bras enlacés, nous commençons la plus horrible, la plus hallucinante des attentes.

CHAPITRE ONZE

Je pourrais m'endormir, car je suis exténué, et m'écrouler sur quelque détonateur de mine, mais fort heureusement, c'est Béru qui en écrase. Il pionce debout, comme un vieux bourrin livreur. Son ronflement à bout portant me tient éveillé, et, comme je suis éveillé, je le soutiens. C'est de l'auto-allumage.

Le jour monte dans le ciel indigo. Les choses retrouvent leurs formes réelles, leurs couleurs naturelles… Je tire Béru du sirop en lui soufflant dans les portugaises. Il sursaute ! Il a toujours la même manière de s'éveiller en sursaut, le Mastar. Un tressaillement, les gobilles mal arrimées qui roulent dans ses orbites qui fait songer à la mastication rêveuse d'un ruminant. Faut toujours qu'il balbutie une question. Il a besoin d'entendre le son de sa propre voix avant d'enchaîner sur la réalité.

— T'as sorti les pots de fleurs sur la fenêtre, Berthe ? il demande. Je crois qu'il pleut !

Je ne lui parle pas, préférant le laisser recoller au peloton de nos emmerdements tout seul. Il soulève davantage ses paupières bouffies.

— Oh ! ch… donc ! soupire-t-il, on est toujours en Chine !

— Et pas en pullman, gars, soupiré-je en lui désignant l'immense champ de mines.

— V'là que j'ai soif, dit-il.

— Je voudrais avoir un petit coup de champagne à t'offrir, mais ça sera pour plus tard.

— Le champagne, c'est du vin blanc de Seltz, riposte le Gravos, je préfère un bon muscadet, c'est plus sincère.

Tout en parlant je le refoule gentiment et je m'assure avant de le larguer qu'il se tient à la verticale par ses seuls moyens.

— Ne bouge pas, surtout !

Je me baisse pour sonder le terrain. Il est couvert d'une mousse jaunâtre, pareille à du lichen, fort propice à héberger un détonateur de mine. Impossible de détecter à l'œil les engins meurtriers.

— On va risquer le tout pour le tout, Alexandre, décidé-je. Le seul moyen que nous ayons de nous en sortir, c'est de franchir les barbelés par la brèche qu'y ont pratiquée les deux pauvres mecs de la nuit.

Je désigne celle-ci, à une vingtaine de mètres.

— Vise un peu, dis-je, on va se payer un petit chouïa de roulette russe. Si nous parvenons à la brèche sans faire péter de mine, y aura un commencement de bout d'espoir.

Le Gravos acquiesce.

— Lu et approuvé, bon pour accord, fait-il. Si on a le fion bordé de nouilles on va le savoir dare-dare.

— Il va falloir avancer avec précautions, reprends-je. Je marcherai devant et j'examinerai pas à pas le terrain. Toi tu mettras exactement tes pieds dans l'empreinte de mes pas.

— Jamais de l'avis ! s'insurge le puissant. C'est mécoinsse que je marche *the first*.

Il me désigne un macabre débris à quelques mètres de là. Il s'agit de la tête d'un des hommes foudroyés. Elle est exsangue et déjà couverte de fourmis rouges, énormes, qui s'en délectent.

— Si tu fous les pinceaux dans la mitraille t'as pas le temps de t'en apercevoir, assure mon compagnon. Ça t'émiette instantanément.

— N… de D… ! m'écrié-je en pointillé pour ne pas choquer le lecteur pudibond, mais ces deux types étaient des Blancs !

Dans la lumière limpide du petit jour, la tête sectionnée se révèle comme n'appartenant pas à la race jaune. De même que la main coupée qui gît à mes pieds.

— Maintenant, plaisante sombrement l'habitué des comptoirs, ce sont des blancs-cassés. Bon, je démarre !

— Stoppe ! hurlé-je. J'ai dit que je passais le premier, je passerai le premier.

— Et ta sœur, s'écrie le Gros en s'élançant.

Il court droit à la brèche, en une longue galopée, piquant de la pointe du soulier dans la mousse pour bien marquer son passage.

— Béru !

Mais il ne se retourne même pas. Il fonce, le dos arqué, les coudes collés au buste. Je regarde, fasciné, en proie à une vénéneuse extase, m'attendant, désespéré jusqu'aux os, à voir éclater mon vieux copain. La tension est trop terrible. Je ferme les yeux ; je m'enfonce un doigt dans chaque oreille, je ne veux pas voir, pas entendre. Je m'abstrais. Il n'existe plus dans cet univers redoutable que les violents battements de mon cœur.

Il me semble pourtant percevoir un cri. Je m'ouvre et me débouche. Béru est debout devant la brèche, rayonnant. Il gesticule.

— J'ai fait bon voyage, me dit-il, tu peux t'annoncer. Repère bien mes empreintes surtout !

Ça n'est pas difficile : sa course est inscrite en ricochets dans la végétation paillassonneuse. J'y vais prudemment. Il serait stupide de rater l'un de ses pas et de se transformer en feu d'artifice sous les yeux du héros superbe et généreux. Du reste, il me prêche la prudence, maintenant, le téméraire :

— Mollo, mec ! Viens pas me faire du spectacle !

Je me sens en pleine possession de mes moyens. Les nerfs d'acier je possède. J'arrive sans encombre jusqu'à Béru.

— J'aime pas beaucoup ta façon de désobéir à mes ordres, Gros ! sermonné-je. Ne t'avise pas de recommencer sinon je serais obligé de te filer un rapport long comme mon bras.

Ayant dit, je le chope par le cou et lui fait la bise.

*
* *

Cette fois, c'est bibi qui passe le premier.

Le cheminement à travers l'écheveau de fil barbelé est d'autant plus long et douloureux que nous l'effectuons à rebours, c'est un peu comme si on utilisait un entonnoir à l'envers.

Je repte, je rampe, je chenille, je ver-de-terre, je serpente, je commando, je para, je me coule, je m'écoule, je me tortille, je me trémousse, je m'insinue, je m'insère, je me faufile, je renarde, je taupine, je racine dans les fils sectionnés, les écartant à mesure que j'avance, subissant par tout le corps leurs sournoises griffures.

Derrière moi, l'intendance suit. Il geint, le Gros. C'est une proie plus facile pour les tentacules barbelés. Son volume les comble. Sa maladresse les ravit. Il souffle comme le sanglier obnubilé par un gisement de truffes. Truffe soi-même, il peine pour me suivre. Il rêve de revenir tuyau, d'avoir une armure ou un bulldozer, de posséder un chalumeau oxhydrique… Mais il avance. Il sue, il s'ensanglante. Nous débouchons (de carafe) enfin de l'autre côté de cette fortification épineuse. Combien de temps a nécessité son franchissement ? Je ne saurais le dire à la seconde près, plus d'une plombe en tout cas ! Nous sommes maintenant dans un surprenant univers. Il s'agit d'une mine à ciel ouvert. Elle est circulaire et mesure au moins quinze cents mètres de diamètre. Elle s'étage en gradins, comme un cirque romain. Il y a des wagonnets Decauville, immobiles sur leurs voies étroites. Des tamis verticaux, des excavatrices, et, partant, des excavations.

— C't'une carrière ? demande Béru.

— Ou quelque chose d'approchant, oui.

Un bruit de foule en marche nous parvient. Nous nous planquons derrière un tas de caillasse et nous attendons. Bientôt une longue cohorte de types au torse nu, seulement vêtus d'un vague short bleu et portant, qui une pelle, qui une pioche sur l'épaule, débouche en chantant. Ils chantent l'hymne fameux des travailleurs chinois *Chi Pao Li Cé Pâ bo Mon Kiki* [1]. Mais mornement, sans le moindre entrain.

Des soldats les encadrent. Lorsque la colonne est entrée dans la carrière (profitant de ce que les aînés n'y sont plus) un coup de sifflet retentit. Le chant cesse, les travailleurs se dispersent et se mettent à charbonner dur.

— Qui sont-ce ? demande le Gros.

1. Dont la version française est en cours de traduction afin d'être enseignée dans nos écoles.

— Nous nous trouvons dans un camp de concentration, d'où deux prisonniers ont réussi à s'évader cette nuit, expliqué-je.

— C'est gagné, grommelle le Chevalier Paillard, tu te rappelles, au Japon, quand on était tombé chez des geishas[1] ?

— On ne peut pas réussir chaque fois ses irruptions, dis-je, le Vésuve lui-même rate quelques-unes des siennes !

— Venir se filer dans la gueule du loup, y a qu'à nous et aux Pieds Nickelés que ça arrive !

L'immense chantier devient ruche effervescente. Les surveillants armés de fouets circulent à travers les mineurs, distribuant des coups de lanières à ceux qui manquent d'ardeur. Un groupe de travailleurs se dirige vers notre planque. Impossible de nous planquer. Les arrivants se cabrent en nous apercevant. Ils ne pigent pas.

L'un d'eux nous pose une question.

— On est les nouveaux, répond Béru à tout hasard. Les autres hochent la tête. Par signes ils nous engagent à travailler. Auparavant (chinois) le plus dégourdoche nous indique que nous devons essuyer le sang de notre visage et nous défaire de nos vêtements en lambeaux. Nous obtempérons. Nous voici bientôt le torse nu. Pour cacher les éraflures nous nous enduisons de terre rougeâtre. Les copains nous filent une pelle à chacun et on se met à tamiser de conserve le sol pierreux.

— Qu'est-ce qu'ils cherchent ? s'informe Bérurier.

— Un minerai quelconque, dis-je.

Un surveillant s'avance, le fouet tournoyant au bout

1. Voir *Fleur de nave vinaigrette*.

de son bras brandi. Il aime pas que ses collégiens bavardent. Nous l'apprenons à nos dépens. Quelques solides coups de fouet nous mordent le dos, réveillant les griffures des barbelés.

— Ho boû lo ! Ho boû lo ! s'écrie le tortionnaire à chaque claquement.

Nous pelletons frénétiquement. Du coin de l'œil j'observe les camarades et je les vois cueillir de temps en temps une espèce de scorie grisâtre dont la matière et la forme rappelle le coke. Je fais comme eux et, lorsque le surveillant s'est éloigné, je conseille à Sa Majesté de m'imiter.

On marne de la sorte pendant des heures. Dans la formidable cuvette, le soleil cogne dur. Les corps inondés de sueur luisent comme des otaries trempées dans de l'huile de foie de morue. On n'entend que le martèlement des pioches, le bruit racleur des pelles et les grandes gifles des pierres jetées sur les tamis…

Et puis aussi, les terribles coups de lanière arrachant des plaintes à tous ces pauvres bougres.

Lorsque le soleil est au zénith, un coup de sifflet arrête les travaux.

— La roulante, sûrement ! murmure le Gravos, en me montrant un camion jaune qui vient d'arriver.

Des gardes en bondissent ! Ils rabattent les ridelles et font descendre du véhicule une dizaine de types enchaînés les uns aux autres.

Ces prisonniers, contrairement à ceux qui travaillent, n'ont pas le torse nu. Ils sont en costume de ville. Ils avancent péniblement, houspillés par leurs gardiens. Je me porte au premier rang des travailleurs pour regarder défiler ces nouveaux venus. Au passage, l'un d'eux, un grand type au regard ardent, me dévisage et semble sourciller. Il paraît surpris de voir un Blanc ici, alors que nos tortionnaires n'ont pas marqué d'étonnement. Est-ce une idée ? Mais il me semble qu'il voudrait me parler. Il y a dans ses yeux une exhortation désespérée. Mine de rien je me place à sa hauteur.

Le chef du convoi lance un cri. Les prisonniers enchaînés s'arrêtent. Ils se trouvent dans un endroit abandonné de la mine. Nouveau cri ! Il s'agenouillent.

Que va-t-il se passer ? Je vois alors sortir de la cabine du camion un énorme Chinois, plus gros que Bérurier, aux yeux en accent circonflexe. Il est vêtu d'un uniforme jaune et son ceinturon ressemble au cerceau d'une barrique. Il tient à la main un énorme sabre recourbé, à la lame large et luisante. Je frissonne, les petites chattes. Car je viens de piger qu'il s'agit d'une exécution collective. Ce gros bouddha va décapiter les prisonniers enchaînés. Vision apocalyptique ! Mais non, que dis-je, moyenâgeuse, tout simplement. C'est la Chine des Ts'in, des Tch'ou, des Ming et des Ts'ing !

Le chef du détachement (le détachement est le mot qui convient) s'avance et se met à causer. Je vois des travailleurs s'entre-regarder, puis s'avancer chacun vers un prisonnier et le cramponner par les étiquettes afin de lui maintenir la tronche à l'équerre. Alors, prompt comme un éclair au chocolat, je me précipite vers le grand Chinois aux yeux éloquents et je lui biche la tête à deux mains.

— *You are American ?* me demande-t-il à voix basse. J'en reste médusé, comme disait le gars qui s'était baladé sur un radeau.

— Non, Français, réponds-je sans remuer les lèvres, mais je travaille pour les Services américains.

— La base ?

— Oui.

— Je crois savoir où elle se trouve. Les rizières du Poû Lo Pô… C'est à cent *miles* d'ici, au nord…

Je gamberge à fond de cellules. Le Vieux a dit que les Ricains avaient parachuté des agents d'origine chinoise ; m'est avis que je viens d'en rencontrer un dans des circonstances très particulières.

— Qui êtes-vous ? m'enquis-je.

— O.S.S. 116, répond le malheureux.

Un sifflement, un bruit mat ! Je regarde. La tête du premier supplicié vient de rester entre les mains du travailleur qui la maintenait. Son corps décapité s'affaisse. Le gros bourreau l'enjambe et s'avance vers le second. Il lève son sabre. Il est fantastique, bouleversant de cruauté. Il joue le rôle principal des *Grands Cimeterres sous la lune* avec un brio affreux.

Fllliiiit ! Vlan !

Une seconde calbombe est décollée. Le tortionnaire est hermétique, on joue à bourreau fermé[1]. Il essuie la lame du sabre à un chiffon que lui tend son assistant. Mon patient à moi, O.S.S. 116, ne frémit pas. Sa tête ne bouge pas, ce sont mes mains qui tremblent.

— Ayez du courage, blabutié-je.

— Ça m'est d'autant plus aisé que je m'abandonne entre les doigts d'un compagnon, répondit-il. Souvenez-vous de ce que je viens de vous dire : les rizières du Poû Lo Pô. Si vous parvenez à transmettre l'information… Fllliiiit ! Vlan ! Le troisième condamné vient de divorcer d'avec sa tronche. C'est à nous, maintenant, si je puis me permettre ce pluriel.

Je coule un regard effaré au monstre en uniforme dont l'ombre se confond déjà avec celle de sa victime.

1. Une fois de temps en temps, c'est pardonnable, non ?

Je détourne mon regard de la nuque offerte. Je regarde le ciel presque blanc de chaleur, la lame scintillante du sabre entre dans le champ, aveuglante ! De minces sillons rouges coulent vers la poignée.

Flliiiit ! Vlan !

J'éprouve une légère secousse. Je me sens comme libéré d'une entrave et un poids monstrueux pèse dans mes mains. Le bourreau m'écarte d'un coup de pied. Je recule avec la bobine d'O.S.S. 116. Je suis au comble de l'horreur. Anéanti, les jambes molles, la tête en feu, je contemple le corps décapité gisant à mes pieds. Le sang coule dans la terre poudreuse qui l'absorbe sans bruit.

— Lâche-la, quoi, me murmure Béru, t'attends qu'on t'en fasse un paxon ?

Je constate alors que les autres ont déposé les têtes tranchées près des cadavres. Je les imite. Le regard luisant d'O.S.S. 116 perd progressivement de son farouche éclat, mais il continue de me fixer et de m'encourager par-delà les mystérieuses frontières de la mort.

CHAPITRE DOUZE

Lorsque tous les condamnés sont morts, les gardes nous les font enterrer dans la partie de mine désaffectée, après quoi le camion jaune repart. On nous distribue de l'eau tiède et une louche de riz à chacun, et puis le turbin recommence dans l'accablante chaleur.

Il dure jusqu'au soir, ponctué de coups de fouet et d'invectives. Parfois, un homme frappé d'insolation s'écroule. Un garde vient alors s'assurer qu'il est hors d'usage, lui file une praline dans le chignon et le fait enterrer. C'est simple, rapide, de bon goût et cela évite les formalités. M'est avis que les pompes funèbres générales ne doivent pas faire florès dans la région.

Lorsque l'obscurité revient, coup de sifflet final de l'arbitre. Les hommes se mettent en rang d'un pas pesant et repartent en chantant. Le chant est obligatoire.

— Je m'en souviendrai de celle-là, balbutie Béru. Moi qu'aime pas le jardinage, je suis fadé. Vise un peu ces Wonder que j'ai dans les paluches !

— J'en ai autant à ton service, gars, soupiré-je en lui montrant mes paumes couvertes de cloques impressionnantes.

It's a long way to le pénitencier. Près de quatre bornes ! Les gars titubent en marchant.

Nous atteignons une sombre forteresse dont le toit pagode ne parvient pas à humaniser la dure architecture. On franchit une lourde qui se referme derrière nous avec un bruit d'écluse, puis une autre, tout aussi rébarbative et épaisse que la précédente. Nous voici dans un vaste quadrilatère bordé de façades dont chaque fenêtre ne permettrait même pas le passage d'une tortue adulte. Coup de sifflet : la colonne se fige. Un gardien apparaît, un registre en main et se met à appeler des noms chinois.

— Téhun sa lo ! répond mornement chaque intéressé en allant se placer devant l'homme.

On entend la voix acide du garde réverbérée par la cour sonore :

— Sou po Chou !

— Téhun sa lo !

— Li d'kan !

— Téhun sa lo !

Et ça se poursuit.

A un moment donné, j'entends appeler, avec un accent épouvantable :

— John Johnson !

Personne ne moufle. En un éclair, je pige qu'il s'agit du blase d'un des fugitifs de la noye.

— Réponds à l'appel en criant Téhun sa lo, dis-je au Gros, et ne cherche pas à piger !

— John Johnson ! reglapit la voix.

— Téhun sa lo ! répond docilement Sa Souplesse en s'avançant. Et un drôle ! ajoute-t-il.

Il se met à la queue, comme les autres.

— Burk Eleven ! continue le mec.

J'attends un poil de seconde manière de voir si quelqu'un va répondre, mais non.

Alors, fissa, le cher San-Antonio plein d'astuce, se met à crier :

— Téhun sa lo !

Je rejoins de la sorte mon digne Béru. Le garde appelle encore une demi-douzaine de zouaves après quoi, il nous fait signe de le suivre tandis qu'un de ses collègues procède à l'appel de sa propre section.

Notre groupe longe un couloir dans lequel flotte une odeur nauséabonde. Le garde déverrouille une porte basse et, un à un, nous entrons dans une cellule exiguë où gît un vieillard décharné.

Ce bonhomme n'est pas tout à fait mort, mais c'est du peu au jus. Sa peau ressemble à du parchemin d'abat-jour. Ses joues doivent se toucher à l'intérieur de la bouche, et ses oreilles décollées ont l'air de deux ailes lamentables. Il a la barbouze longue et fine, les lèvres entrouvertes sur un trou noir.

— Qu'est-ce que c'est que ce mec ? murmure le Gros. Il joue l'abbé Faria dans *Monte-Cristo* ou quoi ?

— Ce n'est pas un jeu, mon fils, soupire une faible voix.

On regarde autour de soi, interloqué comme un gars interlope à Interlaken. Nous sommes une trentaine dans une cellote prévue pour deux.

— Qui qui cause français ? demande Bérurier.

— Moi, mon fils, fait la voix exténuée.

Nous réalisons alors que le vieillard nous parle dans notre langue. Je m'agenouille près de lui.

— Qui êtes-vous ? demandé-je doucement.

Il essaie de trouver un peu d'oxygène pour répondre, mais dans ce cul-de-basse-fosse, c'est pas fastoche, surtout que trente gars pompent en priorité le peu d'air pénétrant par la meurtrière.

— Mon nom est Gî Ber Jeûn, soupire le vieillard,

j'étais professeur de langues occidentales au lycée de Bou Fé Mhon.

— Pourquoi vous a-t-on jeté en prison ?

— A cause de mon manque d'opinions politiques, mon fils. Les hommes, de quelque bord qu'ils soient, appartiennent à un monde où il vaut mieux avoir des opinions subversives que de n'en pas avoir.

Nous sommes interrompus par la soupe : une gamelle d'un infect bouillon dans lequel flottent des débris de poisson.

La bouille de Bérurier fait rigoler tout le monde.

— Eh bien, mon pote, soupire-t-il, c'est pas un trois étoiles ! Le rata sent la dégueulade et pour ce qui est des calories, on aurait meilleur compte de lécher le mur qui, lui, au moins, est plein de merde !

En nous pinçant le naze nous avalons le méchant brouet. Puis, tandis que les autres instituent une rotation pour s'allonger : deux à la fois avec relève (si l'on peut dire) toutes les dix minutes, je me penche à nouveau sur le vieux professeur.

— Avant nous il y avait deux Américains ici ?

— Deux Anglais, rectifie-t-il. Ils se sont évadés cette nuit !

— Comment s'y sont-ils pris ?

— Ils sont restés sur le chantier et, au moment de l'appel, deux des autres sections ont répondu à leur place. Ensuite ces deux hommes ont pu quitter le rang avant de pénétrer dans la cellule.

Il exhale un long soupir fétide.

— Mais je doute qu'ils aient pu réussir dans leur entreprise, sur des kilomètres à la ronde le terrain est miné.

— Je sais.

J'explique au Vieux la manière dont nous nous sommes introduits dans le camp.

— Il eût mieux valu pour vous que vous sautiez sur des mines, fait-il, car dès qu'on s'apercevra de votre présence ici, vous serez torturés et décapités.

Il ajoute :

— Et on s'en apercevra fatalement demain matin.

— Pourquoi ?

— Parce que c'est le jour de la visite individuelle.

— Qui étaient les deux Anglais et pourquoi les avait-on internés ?

— Il s'agissait de deux aviateurs dont l'appareil se rendait à Hong Kong et qui, à cause d'une panne, durent se poser à Haï Nan. Ils s'attendaient à être exécutés d'un jour à l'autre, c'est pourquoi, hier, ils ont risqué le tout pour le tout !

— Qu'est-ce qu'il débloque, le fakir ? demande Sa Bérurerie.

Pas content, le Gros. Faut reconnaître qu'il n'y a pas de quoi pavoiser. Il n'a rien becté et il est obligé de se tenir debout au milieu d'un groupe d'hommes malodorants, ça n'a rien d'excitant.

Je me redresse difficilement, de façon à me trouver tout contre la bedaine du camarade Béru.

— Ça va mal et ça continue, lui dis-je, selon le vieillard, nous sommes flambés comme des crêpes. Demain, c'est nos cigares qui vont rouler dans le sable de la carrière.

— J'aime autant ça plutôt que de supporter cette proximité, déclare-t-il non sans noblesse. Je me fais l'impression de voyager dans un wagon à bestiaux.

Il danse d'un pied sur l'autre.

— On va passer la noye debout, avec cette lumière dans les Lissac, tu crois ?

— Hélas !

Une grosse ampoule est fixée au plafond, éclairant nuit et jour l'infect local.

Le cauchemar continue, plus impressionnant au fur et à mesure que s'égrènent les minutes. Un cauchemar visqueux, dense, pestilentiel. Nos compagnons de cellule ont des bouilles de méduses, qui luisent dans la cruelle lumière électrique. Je les vois déjà cadavres. Ça n'a rien de difficile, du reste ! Fixez un instant n'importe quel homme et vous verrez se dégager son cadavre de lui-même, comme on aperçoit le fond d'une rivière lorsque le soleil tombe d'aplomb dessus. Toutes les têtes sont en os, la viandasse, c'est qu'une illusion, un fard léger qui s'estompe rapidement et que la première averse venue délaye et efface.

— Qui c'est ce mironton ? insiste soudain Béru en montrant le mourant.

— Un ancien professeur de langues, jeté en prison pour absence d'opinions.

— T'es sûr qu'il est franco ?

— On peut se méfier des gens qui font de belles promesses, Gros. Lui ne me promet que la torture et la mort.

Sa Rondeur hoche la tête, indécise.

— Et si on était déjà mort ? demande-t-il.

Cette hypothèse métaphysique, de la part de Béru, ça vous commotionne, croyez-moi.

— Qu'entends-tu par là, Belle Pomme ?

— Quéque jour avant de gerber, j'ai visionné à la téloche un film où ce que les mecs canaient sans même s'en apercevoir. Un couple ! Ils étaient morts et se mettaient à vadrouiller avec d'autres morts. La seule différence avec avant, c'est qu'ils pouvaient pas causer aux vivants, ni même être vus par eux. Ils se faisaient tarter dans les rues. Y en avait en costar Louis XV, d'autres fringués en archers, et d'autres encore loqués en milords. En ce moment je me fais c't effet, gars. S'ils étaient morts tous ces pauvres zigs, hein ? Et nous également sans qu'on s'en soye avisé ? Supposons que le mec au sabre de tout à l'heure nous ait cisaillé le cigare avec dextérité et qu'on l'ait déjà commencé notre méchante éternité vasouillarde, avec tous les macchabées oisifs ? Si on était coincé dans la nasse, à se branler les couennes jusqu'à toujours ?

Je ne l'entends plus. Je regarde l'installation électrique et voilà que mon esprit ingénieux se met à se beurrer la tartine. Je suis le Bibi Fricotin de la Maison Poulaga, les mecs ! Le vice-rédacteur en chef de la revue *Système « D »*. J'ai tellement d'imagination que, lorsque je déménagerai, faudra que je frète un camion spécial pour la transbahuter.

— Qu'est-ce que tu regardes en l'air ? s'inquiète Bérurier. Tu fais ta prière ?

— Mieux que ça, Gros, soufflé-je, je fais des projets.

— T'as de la santé, mon pote. Et lesquels sont-ce, sans indiscrétion ?

— Mate un peu l'électricité.

Il lève les yeux et regarde.

— Alors ?

— C'est de l'installation primitive. Un branchement de fortune. Les gars ne se sont pas cassés : ils ont tout bêtement tiré des fils à travers le bâtiment qui doit dater des empereurs At'choum !

Bérurier dont la barbe a poussé se grattouille les joues de ses ongles en grand deuil.

— Je pige pas où que tu veux en venir. Si t'éclairerais ma loupiote ?

— Je vais plutôt l'éteindre.

— Comment ça ?

— On enlève l'ampoule.

— Et *after* ?

— On arrache le fil du plafond…

— *And* après ?

— On le débarrasse de la douille et on se met à gueuler jusqu'à ce qu'un gardien se pointe.

— Alors ?

— On lui dit que le Vieux vient de clamser. Il délourde pour s'en aviser…

— Et puis ?

— Et puis dès qu'il paraît je le mets en contact avec le fils électrique.

— Et alorsss ?

— Je connais la chanson jusque-là, soupiré-je, pour ce qui est du refrain, faudra l'improviser. T'es d'accord pour risquer le paquet, je suppose ?

— Œuf corse !

— Bon, alors, je vais demander au vioque de foutre les autres au parfum.

— Et s'ils n'étaient pas réglos ? suppose l'Incrédule.

— Nous le saurions déjà, tu oublies que ce sont eux qui, à la mine, nous ont aidés à passer pour les Anglais évadés.

— Juste.

Je m'incline à grand-peine sur le malheureux Gî Ber Jeûn. Il ne doit pas en avoir pour très longtemps.

Il a le regard du saumon qu'on vous sert en lever de rideau dans les bouftances bourgeoises.

— Grand-père, l'appelé-je, pouvez-vous traduire quelques mots à nos compagnons ?

Il opine afin de se ménager. Il est obligé de fonctionner à l'éconocroque désormais. Je lui dis ce qu'il doit transmettre aux autres codétenus. Il soulève un store et me fixe d'un œil blême.

— Vous êtes un audacieux, mon fils ! murmure-t-il.

Puis il se met à chinoiser. C'est aussi magique que le potage. Les autres s'arrachent à leur somnolence nauséeuse et verticale afin d'écouter. Quand il se tait, un petit détenu, dont j'ai déjà remarqué l'œil pétillant, lui dit quelque chose. Le grand dabe fait un suprême effort.

— Cet homme objecte qu'un garde n'ouvre jamais la porte sans être accompagné de deux autres en armes.

Je m'en doutais un peu.

— Dites-lui que ça n'a pas d'importance et demandez-leur s'ils sont d'accord pour risquer l'aventure. Nouveau conciliabule. Je vois les camarades prisonniers hocher la tête.

— Ils sont d'accord, mon fils !

— Merci, grand-père ! Que la paix soit avec vous !

Je ne perds pas un instant. Béru me fait la courte échelle afin que je puisse atteindre l'ampoule. Au lieu de l'ôter tout de suite de sa douille, je commence d'arracher le fil du plafond. Il ne tient que par des cavaliers rouillés plantés dans une latte de bois et ça vient assez facilement. Les trente détenus ont les yeux rivés sur moi. Ces faces jaunes aux regards hallucinés me dopent.

Les apôtres devaient pas le regarder autrement, Jésus, quand il ridiculisait les scaphandriers en marchant sur les eaux ou quand il réduisait les boulangers au chômage en multipliant les brignolets.

Je récupère le fil sans bavure. Comme il débouche d'un trou percé au-dessus de la porte, cela me laisse une bonne longueur disponible. Maintenant, le plus duraille reste à faire : enlever la douille après l'ampoule, c'est-à-dire marner dans le noir, en étant serré comme un anchois dans sa boîte. C'est minutieux comme turf, et dangereux, car si je morfle une décharge dans les paluches, je vais électrocuter tous les autres, puisque me trouvant en contact étroit avec eux !

— Refoule-les au maxi pendant que je dévisse la douille ! ordonné-je au Mastar.

Sa Majesté s'y emploie. Je voudrais posséder des doigts de dentellière pour mener à bien ce délicat travail. Ma volonté est si tendue que mes doigts paraissent s'effiler. Je parviens, de la pointe de l'ongle, à dévisser la première vis lilliputienne… Et puis, c'est au tour de l'autre. Nous sommes plongés dans un noir opaque. Les respirations haletantes constituent un angoissant fond sonore. De ma main gauche, je tiens solidement le double fil, je coule la droite sous la douille et, d'un coup sec, j'arrache cette dernière.

En piste !

— Grand-père ! appelé-je dans l'obscurité. Un gémissement, une plainte escamotée.

— Nous allons alerter le gardien, dites aux autres que lorsqu'il demandera ce qui se passe, ils devront répondre… (là, je marque un temps)… que vous êtes mort !

C'est effroyable comme situation. Demander à l'intéressé de traduire de telles paroles ! N'avoir que lui qui puisse les traduire ! Ah ! je vous jure que dans cette affaire je serai allé jusqu'aux limites du soutenable.

Je file un coup de pompe dans la lourde. Ça déclenche un concert. Quelques minutes s'écoulent, et puis le judas coulisse. Naturellement, il y voit ballepeau, le gardien. Il a beau coller son œil à l'orifice, on lui joue « Purée de goudron dans le Tunnel » en vista-vision.

Il demande des trucs. Un de nos compagnons lui répond. Alors, le gardien quitte le judas et parlemente avec d'autres gardes que j'aperçois par le guichet resté ouvert. Ils sont deux, en effet. L'un a une mitraillette. Il ôte la bretelle de son épaule et la prend en main.

J'entends le verrou coulisser. J'ai observé qu'il y en avait deux. C'est celui du haut que le gardien actionne en premier. Je me baisse, le fil dardé. Grâce à la clarté tombant du judas, j'y vois un tantinet. Je repère les rivets fixant le verrou du bas. Pour que mon truc marche, il faut jouer sur des fractions de seconde. Je dois brancher le jus *après* que l'homme a tiré le verrou, mais *avant* qu'il n'ait lâché la poignée. Je retiens ma respiration. La petite fourche que composent les deux fils n'est qu'à quelques millimètres du rivet. Ça grince... Je devine le geste du gardien, je l'accompagne de l'autre côté du panneau. Soudain je devine que la tige de fer a quitté sa gâche.

En avant la musique. Je plaque les fils dénudés contre le rivet. Pendant un instant, c'est comme dans un rêve, lorsqu'on tombe dans un gouffre mystérieux et sans fin. Pas un mot, pas un cri, pas un mouvement. Le monde est devenu une abstraction monstrueuse. RIEN NE SE PRODUIT !

Je me demande si le courant a passé et s'il est assez fort pour provoquer une réaction !

— Mate un peu par le judas ! enjoins-je au Gros.

Il se détranche à bloc, Béru, plaquant son mufle dans l'ouverture à s'en faire gicler la gobille à l'extérieur.

— Il est à genoux, dit-il. Il ne bouge plus.

— Et les deux autres ?

— Ils attendent. Ah ! en v'là un qui sourcille... Il commence à se demander à quoi que joue leur pote.

Le Gros commente sobrement, très vite :

— Il se baisse aussi. Il veut secouer son petit camarade. Coincé ! Il bascule sur lui. Oh ! pardon, c'est pas de jus de chique qui roule dans ces fils ! On est branché sur la force dans l'hostellerie de « Couche-misère ». Peut-être même sur l'haute-tension ! Reste plus que le troisième qui entrave que pouic à ce circus !

— L'homme à la mitraillette ?

— *Yes*.

— Pourquoi qu'il ameute pas la garde ?

— Non, c'est une vraie truffe ! Il se penche ! Il avance la pogne ! Pris ! C'est gagné !

Je me relève et je tiens le fil très haut levé pour éviter un accident à l'intérieur de la cellule.

— Sortez ! crié-je, et sans bousculade. Ramassez les armes et les clés, ouvrez les autres cellules.

— T'occupe pas du chapeau de la gamine ! fait dans l'obscurité la voix du nyctaglotte.

Le premier il pousse la porte.

Et il sort le premier !

Bravo, Béru !

CHAPITRE TREIZE

— Il semble que vous ayez réussi le début de votre folle entreprise, mon fils ? fait le vieux.

— Il semble, effectivement. Dites-moi, grand-père, vous avez entendu parler des rizières du Poû Lo Pô ?

— Approchez !

Je m'agenouille devant lui tandis que dans le couloir le branle-bas prend de l'avancement et devient général.

— Si vous parvenez à sortir d'ici, essayez de gagner la bourgade de Fou Zi Toû, distante d'une vingtaine de kilomètres des rizières en question. Là-bas vous demanderez la maison de Ko Man Kèlé, rue du Caméléon-doré ; il s'agit d'une de mes anciennes élèves qui est embaumeuse. Vous lui direz que vous venez de ma part et, pour le lui prouver, vous prononcerez les paroles suivantes : « Si tâbo bopr' an d'lasprô. » Alors, elle vous aidera.

Je serre la main décharnée du vieillard.

— Merci, grand-père, aussi longtemps que je vivrai votre souvenir restera gravé dans mon cœur.

— C'est un cœur généreux, dit le mourant, puisse-t-il battre longtemps encore !

Sur ces belles paroles, je sors. Une foule hurlante grouille dans le couloir. Ça déboule des autres cellotes. Béru, armé de la mitraillette (pas folle la guêpe) tient en respect trois gardes placés de l'autre côté de la grille barrant le couloir, tandis que le petit dégourdi jaune de notre cellule essaie les clés récupérées sur les gardiens foudroyés.

Il ne s'énerve pas et son calme porte ses fruits puisqu'il parvient à ouvrir.

C'est la ruée. Un torrent humain s'écoule.

Le tac-tac d'une mitraillette retentit. Puis un second joint sa voix crachoteuse au premier. Le Gros me retient par la manche.

— Nous pressons pas, fait-il, on a fait le plus gros, aux autres de se farcir les premières bastos.

La horde des prisonniers s'écoule par la grille en hurlant avec une rare sauvagerie. La fusillade continue dans les couloirs. Drôle d'émeute ! Bientôt nous sommes seuls, le Gros et moi, et alors seulement nous nous aventurons dans la rotonde du poste de garde. Celui-ci est jonché de cadavres. Maintenant c'est au-dehors que ça pétarde. Les prisonniers foncent vers la sortie. Ils tombent, fauchés par les balles des surveillants, mais leur nombre leur donne provisoirement un sentiment d'invincibilité.

— Il doit bien y avoir une autre issue, marmonné-je. La vie appartient à ceux qui la vivent à contre-courant. Voyez plutôt ce qui passe dans les gros centres urbains, chez nous. Vu l'horrible négligence des urbanistes, la monstrueuse inconséquence des ponts et chaussées qui vous foutent cinquante centimètres d'autoroutes par semaine, on ne peut plus remuer. Seuls se déplacent encore ceux qui voyagent la nuit ou pendant midi. Ceux qui vont à Paris pour le week-end et non pas à la cambrousse, ceux qui prennent leurs vacances en mars et non en août. Puisque les pauvres et provisoires évadés se ruent vers l'entrée principale, cherchons, nous, l'entrée de service. Efforçons-nous de sortir par la porte étroite !

On voit une lourde ouverte et on l'emprunte à trois pour cent d'intérêts payables à la souscription. Elle nous fait accéder à une partie des bâtiments réservés aux logements des gardes. C'est plein de dames et de mouflets en chemise de nuit qui jacassent sur leurs seuils. Béru leur montre sa mitraillette, et aussitôt ces chères madames et ces mignons bambins se claquemurent.

On fonce toujours, au petit bonheur, c'est encore le guide le plus sûr. Nous parvenons dans une cour bordée de hangars sous lesquels sont remisés une foule de machines servant à l'exploitation de la mine. Il y a là des cribles thermo-fiduciaires, des introspecteurs à longue durée, des fouinasseurs à ondes courtes, des stratagèmes géants montés sur chenilles, des amalgameurs de fréquence à moulinette perforée, des conjonctivites traceuses, des prostateuses lentes à boule kère, des enfigourées électriques (les meilleures) et des coltineuses de périphrases à syntaxe superposée. Mon choix se porte immédiatement sur une autochenille. Nous ne demandons qu'à la transformer en papillon !

Je saute au volant et je tripatouille le tableau de bord. C'est une Smig modèle 61, par conséquent je n'ai aucune difficulté à la mettre en marche[1]. Béru bondit à mon côté, féal compagnon des folles entreprises ! Tout dans la volée, mes filles ! L'exercice grâce et souplesse continue ! On a faim, on a soif, on a sommeil, on n'est pas rasés, pas lavés, on est vidés. Mais le fabuleux tandem Béru-San-A. n'interrompt pas pour autant ses démonstrations de haute voltige.

La chenillette fait un boucan du diable. Illico des

1. Et si vous n'êtes pas contents, allez vous faire empailler ! Je connais un hon naturaliste spécialiste dans le chimpanzé.

bouilles apparaissent aux fenêtres. Je fonce en direction d'un portail fermé. Il est verrouillé au moyen d'un énorme cadenas, mais il est en bois. A quoi servirait cette chenillette si elle devait se laisser impressionner par un pareil obstacle ?

Je bombe dans le double vantail. Ça fait vrrang ! et ça cède ! Il faut toujours céder les uns les autres !

Nous débouchons sur une large esplanade baignée de lune où sont parqués d'autres engins dont, pour ne pas surmener vos cellules atrophiées, je m'abstiendrai de dresser l'inventaire. A l'intérieur du pénitencier c'est la grande fournaise : Douaumont, le Chemin des Dames ! Un vrai massacre ! Maintenant les mitrailleuses de miradors se sont mises de la partie et pralinent follement, tandis que les puissants projecteurs volent au secours de la lune !

— On a été vachement géniaux de libérer les autres camarades, me dit le Gros. Ça détourne l'attention !

— Pas tellement, réponds-je en montrant deux puissantes bagnoles lancées à nos trousses.

Est-ce par osmose ? Toujours est-il que Béru se met à rire jaune depuis qu'il est en Chine !

— Mince, dit-il en modifiant les trois lettres du milieu de ce mot passe-partout, j'avais pas remarqué.

Une grêle de balles crépitent contre la carrosserie de notre charrette.

— Baisse ta ruche, les frelons volent bas ! crié-je à mon ami.

Il se palpe le lobe, Bérurier. Sa main est toute poisseuse. Il a morflé une dragée au bas de l'étiquette droite.

— Bouge pas, rouscaille-t-il, je vaste leur faire déguster une compote de prunes de ma fabrication.

Je le stoppe :

— Mollo, tu n'as qu'un chargeur de disponible,

comme ils ont l'air de nous rattraper tu seras toujours à temps de défourailler à bon escient.

— Tu sais pourquoi qu'ils nous rattrapent ? interroge Sa Rondeur.

— Parce qu'ils vont plus vite que nous, lapalissé-je.

— Non, parce que t'as une autochenille et que tu roules connement sur une route au lieu de bomber dans la nature !

Si mes pieds n'étaient pas sollicités par les pédales du véhicule, parole *of man*, je me flanquerais des coups de savate dans le valseur !

Comme le pépin de mitraillette continue de crépiter sur notre voiture, je braque tout à gauche, défonçant une barrière de ciment armé, et je continue sur terrain accidenté. Du coup, les voitures suiveuses ne suivent plus.

— J'espère qu'on ne va pas se payer une nouvelle promenade sur champ de mines ! lamente mon ami. A force de taquiner le sort, tu verras qu'on finira pas se retrouver avec coquette collée au pare-brise et les joyeuses dans le pommier d'en face !

Je ne pense pas que ce funeste présage soit fondé car nous nous déplaçons sur une ancienne carrière mal remblayée par les fouilles des nouvelles. Le grand problème du monde moderne, c'est l'évacuation de ses résidus.

Ce qui a manqué à l'univers, c'est le trou de départ, une poubelle naturelle où déverser la matière des trous à venir. Et maintenant, avec les bricoles radioactives, ça se complique salement. L'homme s'auto-contamine. Il a créé la vérole pour les autres, mais c'est un boomerang qui finit par lui revenir dans le calbar. Les déchets ne sont plus évacuables. Ils pourrissent la mer, donc le poisson, donc celui qui le mange. Ils pourrissent la terre, donc les plantes et donc ceux qui les broutent ! C'est la grande, l'intégrale chtouille ! La destruction en profondeur. La lente désagrégation (moi je m'en fous : je suis pas agrégé, je suis que licencieux) de la matière. On se détruit à qui mieux mieux, en bouffant, en respirant ! La vérolerie est partout, ambiante, endémique ! Choléra suprême ! La grande crève universelle ! Sapant tout ! Envahissant, rongeant, érodant, défigurant ! Oui, défigurant ! Et c'est ça surtout qui les emmouscaille, les bonshommes. Ils font le complexe de Ney ! Le cœur, d'accord, tant pis, ils acceptent d'être les forçats du myocarde. Mais pas la frite ! Oh ! non, par pitié, épargnez leurs jolies gueules de raie, leurs belles bouilles d'abrutis, de bellâtres, de pédants, de pédés, de pédiatres, de pédagogues, de pélagiens, de pélicans-lassés-d'un-long-voyage, de parnassiens, de pharmaciens, de bourgeois de Calais, de recalés, de caléchiers ! Prenez-leur la vésicule, bouffez-leur la rate, cisaillez-leur le foie, dégonflez-leur les éponges, déburnez-les, même, au besoin, mais le dérangez pas leur coiffure !

Ne touchez pas à leur nez ! N'entamez pas leurs pommettes ! La pomme de terre en robe de chancre, c'est ça qui les terrifie. C'est quand ils auront des figures en cul de singe qu'ils s'arrêteront peut-être de déconner, de désastrer ! Dans leur glace, ils l'apercevront le ravage, lorsqu'ils verront la photo de la Lune à la place de leur ancienne image ! Alors là, oui, y aura déblocage au sommet, la réunion des galeux ! Des pelés ! Lambaréné à tarif unique ! Tous les bien-nés sans nez ! Je veux pas rater ça ! Messieurs de la pelade rouge-eczéma, cratérés de partout, avec des joues comme des morilles, les ratiches effeuillées, les gencives en pâte molle, les breloques fanées, un trou de balle à la place du naze et des membres revus et corrigés par la thalidomide ! Oui, je demande à voir, je sollicite de la bienveillance de Monseigneur le Très-au-dessus-de-la-moyenne, le privilège de me délecter abondamment d'une humanité devenue résiduaire pour avoir eu trop de résidus !

— On a l'air bonnards ! me dit le Gros. La chenillette, c'est le salut du fugitif.

Une fois de plus, son élan optimiste est étouffé dans la coquille. L'ancienne carrière ne fait que rejoindre la nouvelle et le tout est cerné par les fortifications barbeleuses que vous savez. On peut faire une partie de cache-tampon, mais s'enfuir, que non point ! On tourne en rond, en grand rond, mais en rond ! Ah ! haïssons bien fort la circonférence lorsqu'elle est close.

— Vise sur la droite ! clame le Gros, y a une caserne !

— Une caserne ? m'étonné-je.

Il me désigne une vaste excavation dans la falaise taillée.

— Tu veux dire une caverne !

— Caserne ou caverne, fonces-y du temps qu'on est z'hors de vue.

Me fiant à ses impulsions j'obéis. La chenillette disparaît dans le sein de la terre nourricière. Il fait noir comme en un four dans cette grotte artificielle. La chaleur de la journée n'y a pas pénétré et nous bénéficions d'un brusque bain de fraîcheur.

— Il va leur falloir un bout de temps pour nous dénicher, assure le Vaillant. De nuit, malgré la lune, c'est pas commode de repérer ce trou noir !

Je hausse les épaules. Une fois encore nous ne faisons que reculer l'échéance. Dès que la mutinerie sera jugulée, ils se mettront tous à nos chausses et nous arquepinceront[1].

— Je sais à quoi que tu penses, me dit Béru.

1. C'est bon de se vautrer dans l'argot de Vidocq.

D'accord, on s'est évadé à l'intérieur d'une cage pour ainsi dire, mais reconnais qu'on est mieux ici que dans la cellule de tout à l'heure.

— Profitons-en pour roupiller un peu, conseillé-je, nous sommes morts de fatigue !

Il est de cet avis, le Mastodonte. Le temps mort déguisé en sommeil n'est pas du temps perdu.

On se pelotonne dans la chenillette, la mitraillette entre nous deux, et on en écrase.

Pas longtemps. J'en suis à la période de ce lent balancement de l'intellect qui précède la dorme lorsqu'un vrombissement énorme me fait sursauter. Je m'avance à l'orée de la grotte et qu'aperçois-je ? Je ne vous le fais pas deviner parce que ça nous prendrait trop de temps, je préfère étancher votre curiosité tout de suite. Je vois descendre du ciel un gigantesque hélicoptère tout illuminé. Il se pose à cent mètres de notre refuge, sur le terre-plein bien découvert.

— On rêve ou si c'est du cinoche en plein air ? questionne le Mahousse qui m'a rejoint.

— Ce sont des renforts, expliqué-je en voyant sortir une centaine d'hommes, armés de mortiers et de mitraillettes, du ventre de l'appareil. Sans doute la direction du pénitencier a-t-elle pris peur devant l'ampleur de la mutinerie.

— Probable que nos copains se débrouillent bien, dit le Gros. Ils ont dû piquer des armes aux gardiens neutralisés…

La petit troupe armée se met à courir au pas cadencé en direction des bâtiments.

— Dis donc, soupire-t-il d'un ton extatique.

— Oui, Gros, fais-je, je suis tout à fait de ton avis.

— C'est marrant comment qu'on se comprend sans causer !

Le pilote est resté à bord de l'hélicoptère et un homme armé d'une mitraillette monte la faction devant la porte de celui-ci.

— Votre avis, docteur ?

Je me gratte le nez.

— Il faut neutraliser le factionnaire, décidé-je.

Le Gravos désigne la pétoire à ressort.

— Je lui cause du paradis avec mon téléphone à dragées ?

— C'est cela, pour donner l'alarme au pilote et au reste de la troupe !

— Alors ?

— Bouge pas, je vais sortir. Tu vois ce rocher à gauche ?

— *Yes*, monsieur.

— Je vais aller me planquer derrière en rampant. Lorsque je me serai planqué, tu éclaireras les phares de la chenillette.

— Et alors ?

— Probable que ce halo lumineux attirera l'attention du veilleur. Ne fais pas un bruit, cache-toi derrière la brouette et attends.

Aussitôt dit, aussitôt fait. Je repte jusqu'au rocher. Le temps de compter jusqu'à dix et Béru allume les calbombes. C'est féerique comme effet. La grotte de Lourdes, mes bien chers frères !

En pleine apparition ! Le garde mate aussi sec dans cette direction et se fige. On n'entend que la pétarade en provenance du pénitencier. L'homme hésite, fait un pas vers l'ouverture de la grotte, le doigt sur la détente de la seringue. Il s'arrête, écoute, se pose visiblement trente-six questions auxquelles il est incapable de répondre. Il aimerait savoir. Alors il lance un cri qui doit signifier quelque chose dans le genre de « Halte-là ». Rien ! Il s'enhardit. Il marche jusqu'à l'entrée de la caverne. Le voici à la hauteur du rocher. Je le laisse prendre deux mètres d'avance et je bondis de ma cachette. Les Chinois ont l'oreille fine. A mon premier pas dans la rocaille il fait volte-face, mais un San-Antonio qui s'élance, c'est comme un barrage crevé : faut qu'il impétue jusqu'à son estuaire.

Un dix millionième de seconde avant qu'il presse la détente je lui mets ma boule dans sa boîte à dominos. Il en graviote quatre ou cinq et lâche son arme.

Je le finis d'un une-deux à la face qui lui fait éternuer ses souvenirs d'enfance en même temps que quatre molaires non cariées. Il est groggy jusqu'au coma. Quand il retrouvera ses esprits il mettra un bon moment avant de pouvoir réciter sa table de multiplication par neuf, je vous le prédis.

— Ohé, Béru ! hélé-je.

Le pachyderme sort de sa caverne préhistorique et file un coup d'œil blasé au gisant.

— Bien, approuve-t-il avec un soupçon de jalousie. Tu l'as rectifié au pain complet, ma parole !

Je ramasse la mitraillette du zig. *Nach* l'hélicoptère maintenant. A mesure que nous nous en approchons, nous sommes frappés par les dimensions de l'appareil.

— A Issy-les-Moulineaux ils n'ont pas le même, affirme Béru.

— Surtout, dis-je, pas d'emballement, si le pilote joue les héros, ne lui tire pas dessus car on va avoir grand besoin de ses services.

Pour l'instant, l'homme est à son poste de pilotage, occupé semble-t-il à régler son bafouilleur à bain d'huile de lin.

J'escalade l'escalier pliant et me plante dans l'allée centrale du coucou, la mitraillette en batterie.

— Eh alors, bébé rose, dis-je, on joue au Meccano ?

Pour user d'une expression fort éculée (vous en êtes un autre), il tressaille comme si une mouche l'avait piqué.

Ma bouille hâve et pas rasée, mes yeux brillant de volonté et d'intelligence[1] lui indiquent aussitôt qu'il n'a pas affaire à une mazette. J'ai ce petit mouvement de mitraillette, mis au point par Hollywood, qui rappelle les hommes à la prudence. Un léger petit soubresaut de l'arme et ils font dare-dare un retour sur eux-mêmes, réalisant en bloc : que la vie est courte, qu'elle est précaire et qu'ils n'en possèdent qu'une.

Mon pilote n'est pas du style « torpille humaine » car il lève ses bras sans insister.

— Regarde s'il est armé ! ordonné-je au Gros.

La Béruche fouille l'hélicopteur et prélève un gros revolver fortement culassé.

— Et voilà, môssieur est à poil ! annonce l'Obèse.

— Tiens-le en respect !

Je suis le grand patron autour du bloc opératoire. Bérurier redevient le docile enfant de chœur videur de burettes et balanceur d'encensoir. Il appuie le canon de sa soufflante dans le dossard du pilote. Ayant retrouvé l'usage de mes deux mains, je farfouille dans le poste de pilotage et je finis par dénicher ce que je cherche, à savoir une carte de la région. Je la parcours simultanément de l'index et des yeux, ce qui n'est incompatible ni avec ma religion, ni avec mes opinions politiques.

— Si elle est écrite en chinetoque, ricane le Dodu, t'as intérêt à téléphoner à S.V.P.

Elle est rédigée en caractères d'imprimerie normaux et je découvre, blottie dans une boucle de la rivière

1. Si j'en cause pas, qui donc s'en chargera ?

Pseudo Avékomo, la petite ville de Fou Zi Toû. Effectivement elle n'est pas très éloignée des rizières du Poû Lo Pô. Je place mon doigt sur la carte à l'endroit marqué Fou Zi Toû, puis, ayant montré ce point stratégique au pilote, je lui désigne son siège de pilote.

Il feint de ne pas comprendre, ce qui énerve Bérurier.

— Pas la peine de vouloir gagner du temps, La Joie, lui vocifère-t-il sous les narines. Démarre en vitesse, sinon je te fais prendre une altitude que t'as encore jamais atteinte ! Et comme le garçon ne bronche toujours pas, Béru, d'un geste impatienté, lui arrache une oreille et d'un autre, à peine plus mesuré, l'envoie dinguer dans son fauteuil. Il applique alors le revolver sur la tempe du pilote et ouvre largement sa main gauche. Il compte à rebours, fermant un doigt à chaque chiffre énoncé.

— Cinq ! Quatre ! Trois !...

A deux il vrille rageusement le canon du pétard dans le crâne de l'obstiné.

— Deux... et un !

En guise de réponse, l'autre tire sur la manette des gaz.

— Va remonter le marchepied ! commandé-je en m'asseyant sur le siège voisin.

Béru gagne la porte.

— Attendez ! Partez pas tout de suite ! s'égosille-t-il.

— Que se passe-t-il ?

— V'là l'invité d'honneur de la semaine !

Une masse sombre saute dans l'appareil avec un bêlement exténué.

C'est notre ami Cyprien le bélier qui vient à nouveau de retrouver son cher Bérurier.

CHAPITRE QUATORZE

Quand on est San-Antonio, faut savoir tout faire. Sinon il vaut mieux se chercher une place d'encaustiqueur de passages cloutés et pas faire tarter le public avec des histoires à la mords-moi le neutron !

Je sais donc, entre cent quatorze millions de choses, faire le poing au Palais de la Mutualité et le point quand je suis en bateau ou en aéronef. C'est pourquoi, m'étant avisé que le pilote cherche à nous faire du contrecarre, je le remets au pli en même temps que dans le droit chemin grâce à une baffe bien sentie. Ce qui l'amollit, c'est moins la beigne que ma sagacité. Aussi n'insiste-t-il plus et nous drive-t-il où je lui ai demandé de nous mener.

L'hélicoptère, suis-je étourdi, j'oubliais de vous le signaler, est un Pétahouchenoque VI à virginateur compensé. Il possède une vitesse de croisière de cinq cent six kilomètres trois cent vingt-cinq, une autonomie de huit heures quatre minutes onze secondes, et un rayon d'action de quatre mille kilomètres dans le sens de la longueur et de trois mille dans celui de la largeur.

Il peut transporter deux cent huit personnes, plus un enfant ou M. Paul Reynaud ; c'est dire si à trois hommes et un mouton on y tient à l'aise !

De plus, l'appareil est pourvu de tous les perfectionnements puisqu'il comporte : une chambre syndicale, un kolkhoz (toujours mon lapin), un stand de tir, un trottoir cyclable, une salle de ping-pong et une soute à coolies.

— Quel est le programme, si c'est pas un effet de mon indiscrétion ? demande Béru, lequel continue, mutin en diable, à chatouiller la nuque du pilote avec le canon de son propre pistolet.

— Il est chargé, mon pote, murmuré-je, depuis l'épicentre de mes réflexions. Nous allons près des rizières du Poû Lo Pô.

Il est vrai que je n'ai guère eu le loisir de le mettre au courant de la progression de notre enquête. Je lui fais part des révélations d'O.S.S. 116 et il exulte.

— Alors on brûlerait ?

— Je l'espère.

Il médite un instant et ajoute :

— Puisqu'on sait à peu près où qu'elle se trouve cette putain de base, si on rentrerait à tome du temps présent puisqu'on a un coucou à notre disposition ?

— Nous devons vérifier l'exactitude du tuyau, Gros. Nous devons livrer du précis. Quant à ce zinc, on peut pas se permettre une grande croisière avec lui, d'ici pas longtemps les radars vont manier leurs grandes oreilles pour nous détecter, tu penses bien !

— Oui, c'est vrai…

Une heure de trajet. Le pilote me montre le plancher de l'index.

— Fou Zi Toû ! annonce-t-il laconiquement.

De ma main posée à plat, je lui fais signe de se poser. Il perd de l'altitude, virevolte un instant et se pose comme une feuille de marronnier sur une pelouse.

Je mate par les vitres. Nous nous trouvons non loin

d'un stade, dans la banlieue d'une agglomération. Ici la nuit est obscurcie par de gros nuages malades. J'ouvre la porte de l'hélicoptère. Un épais silence règne sur Fou Zi Toû.

— Fin de section, tout le monde descend ? demande Béru.

— Pas tout le monde, dis-je en revenant au poste de pilotage.

J'arrache les appareils de radio et je les piétine. Après quoi je foudroie notre pilote d'un bon coup de crosse sur la coquille. Instantanément il s'endort d'un sommeil aussi profond que le gouffre de Padirac.

— En route, Gros !

Il fait tiède et doux.

Nous longeons une voie ferrée et nos pas résonnent sur l'asphalte. Pourquoi, soudain, ai-je l'impression de me trouver quelque part en France ? Il y a dans l'air immobile une odeur de suie et de pluie pas encore tombée. Une confuse clarté pointe à l'horizon. Ça me rappelle des parties de pêche à la ligne faites jadis, quand j'étais mouflet, en compagnie de mon oncle Gustave. La nuit avait cette touffeur secrète, à la fois tendre et angoissante. Nos pas éveillaient les mêmes échos. Je dormais encore en marchant, regrettant mon lit, mais pris pourtant par mon goût de l'aventure. Je me rappelle les berges tristes dans le brouillard, les saules biscornus du bord de l'eau, la torpeur mystérieuse de l'onde à la surface de laquelle bondissait çà et là un poisson avec un bruit de gravier jeté dans l'eau. Il y avait la forte odeur de la sacoche de Tatave bourrée d'ustensiles et qui sentaient le poisson. Des écailles séchées adhéraient aux parois de la sacoche...

— Tu crois qu'on va la dénicher facile, la gonzesse que t'a causé le vieux ? demande Béru.

— Faudrait tout d'abord trouver sa rue.

— Le hic c'est qu'on ne peut pas demander notre chemin à m'sieur l'agent !

— On ne peut le demander à personne. Ah ! misère, vivement le langage unique ! Mais c'est pas demain la veille. Ils s'accrochent tous à leur langue, à leur syntaxe. J'ai hâte d'écrire en espéranto, moi, Béru. S'ils pigeaient au moins ça, les hommes : tout ce qu'elle leur apporterait, l'uniformité du langage, ils se dégrouilleraient d'étudier l'unisson et de devenir moins cons !

Cyprien chemine derrière nous, les oreilles pendantes, en émettant de temps à autre son nostalgique bêlement. A la fin on se retourne. Il est touchant ce brave mouton. Il s'arrête pour nous regarder lui aussi. On le devine habité par une farouche vocation. Il est devenu béruriste et il ira jusqu'au bout de cet élan sublime.

— Chère petite bête, s'apitoie Béru, ce que je voudrais l'emmener dans nos prairies de Normandie. Les prés salés, il s'en régalerait ce trognon ! Il peut pas comprendre. C'est comme si tu causerais du Grand Véfour aux mecs d'ici. Leur bol de riz, tu parles à quoi il ressemblerait chez le Raymond !

On se remet en marche tous les trois. Je suis vanné. Les maisons tangotent autour de nous. Il me semble qu'elles vont s'écrouler comme au cinoche, dans les films où l'on voit un typhon, avec les toitures qui font du cerf-volant, et les murs qui se mettent en portefeuille. Une pluie épaisse, gluante, se met soudain à vaser.

Elle nous cingle le dos violemment. Elle brûle, ma parole !

— Va falloir trouver un abri ! déclare le Gros. Déjà que j'aime pas l'eau dans le Pernod, alors tu juges !

Nous nous collons sous un auvent en forme de pétale pour attendre que ça se tasse. Une enseigne balancée par la bourrasque geint tristement de l'autre côté de la rue. Je la regarde machinalement et secoue le brandillon du Mastar.

— A ton avis, ça représente quoi, cette enseigne ? le questionné-je.

Il se détranche, plissant ses sourcils roussis par l'incendie de la jeep pour mieux voir.

— Un lézard, non ? propose mon Fervent.

— Et de quelle couleur est-il ?

— Doré.

— Il s'agit du fait d'un caméléon doré. La fille que je cherche habite dans cette rue. Encore une fois louons la Providence !

— On ferait mieux de louer nos places pour le retour ! amertume le Gravos.

Des trombes d'eaux s'abattent sur Fou Zi Toû. J'ai rarement vu lancequiner à ce point ! La flotte tombe avec une telle violence qu'elle rejaillit jusqu'à hauteur de la ceinture en touchant le sol.

— On pourrait se faire opérer de la cataracte ! birautise Béru.

— Attends-moi là avec ton ovin, je reviens !

La tête rentrée dans les épaules j'affronte l'averse. Je passe en revue chacune des maisons de la rue. Ce sont d'assez belles constructions, survivance de l'époque où la Chine était entre les mains des vipères lubriques. Le progrès socialiste n'a pas encore pris pleinement possession de ce pays reculé et il y flotte encore une atmosphère bizarre, anachronique[1].

1. Rien n'est plus rare qu'une atmosphère anachronique. Si jamais vous en rencontrez une, empressez-vous de la photographier de trois quarts et en couleurs de préférence et adressez-la-moi sous pli cacheté ; merci.

Ayant parcouru un côté de la rue, je la traverse pour prospecter l'autre. Je tombe bientôt en arrêt devant une boutique dans la vitrine de laquelle on a placé des photographies de cercueils. Elles sont une forme bizarroïde, les boîtes à osselets, ici. Elles sont laquées rouge avec des dessins dorés qui représentent : un chapeau de gendarme, une échelle de pompier, un escargot stylisé, une pince à sucre à tréma, et une clé à molette. Le tout signifiant, je pense : « A notre défunt regretté. »

Je vais pour continuer ma revue de façades lorsqu'il me revient en mémoire que la fille dont m'a parlé le professeur est embaumeuse.

Que faire ? En frappant à une mauvaise lourde je risque de rameuter la garde. Pourtant la pluie torrentielle et l'imminence du jour m'incitent à prendre mes responsabilités. Toc-toc ! Ça y est, j'ai cogné à la porte. J'attends, la main crispée sur la crosse de ma mitraillette… Quelle peut être la réaction d'une demoiselle à laquelle deux hommes pas rasés, aux torses nus, armés d'une mitraillette et suivis d'un mouton demandent asile à quatre heures du matin ?

Une lumière filtrant sous la porte m'annonce que je vais bientôt le savoir.

Une voix de femme me pose une question à travers le panneau de bois. En chinetoque, naturellement, pourquoi s'en priverait-elle, en somme, puisque nous sommes en Chine ?

Une dernière hésitation de ma part et je murmure, dans un français sans accent :

— Je suis un ami du professeur Gî Ber Jeûn.

On ne délourde pas. Silence et méditation. Je rassemble mes souvenirs et je déballe tant bien que mal la phrase sésame du vieillard :

— Si tâbo bopr' an d'lasprô.

Illico, le lo ké est tiré. L'huis s'entrebâille comme l'huître que vous oubliez sur le radiateur de chauffage central et j'aperçois une silhouette sombre.

— Qui êtes-vous ? questionne-t-elle dans ce beau langage pour lequel Molière fit tant et moi si peu.

— Je voudrais parler à Mlle Ko Man Kèlé !

— C'est moi, déclare la forme noire.

A cause de la pluie fracassante, elle reste à l'intérieur de son logis, si bien qu'il m'est impossible de voir encore son visage. Mais la voix est jolie, harmonieuse et calme. Miss Ko Man Kèlé ne s'émeut pas de voir cette espèce d'aventurier sur son paillasson.

— J'ai besoin d'aide, mademoiselle, et le professeur m'a dit que je pouvais compter sur la vôtre !

— Entrez !

— C'est que je ne suis pas seul, un ami m'attend au bout de la rue !

— Allez le chercher !

Je me contente de siffler entre mes doigts d'une façon convenue. Bientôt la forme massive du Gros apparaît, galopant sous la flotte. Je les vois avec des yeux étrangers, lui et son bélier, et je me dis que ce gros saint Jean-Baptiste la fout plutôt mal. Que va penser notre hôtesse de se surprenant équipage ?

— Ça biche ? interroge le Dodu, haletant. La silhouette sombre s'efface.

— Venez.

Nous pénétrons dans une large pièce qui sent le fade, le musc et une autre odeur indéfinissable, obsédante. Une faible loupiote brille, répandant une lumière rouge, très boxon.

J'avise alors la jeune fille qui nous accueille. J'en ai les nerfs qui se trémoussent. Imaginez une dadame haute d'un mètre cinquante, large comme un vaisselier, ventrue, mafflue, bouddhique, où deux égratignures figurent les yeux, et une troisième la bouche, et qu'orne un tubercule bizarre qu'il faut se résoudre à appeler nez. Elle a le cheveu gras, huileux. Toute sa frite du reste est huileuse, à la senorita Ko Man Kèlé.

Si elle s'exposait trop longtemps au soleil, elle frirait sûrement.

Je m'incline et me présente, puis je présente le Gros.

— Comment va mon vénéré maître ? demande-t-elle.

— Il vit ses ultimes instants, mademoiselle.

— Il est toujours détenu au pénitencier du Tu Man Di Ratan ?

Entre nous et entre parenthèses, j'ignorais le blaze de la taule d'où nous venons de gerber.

Je raconte à l'accueillante demoiselle la dernière partie de nos pérégrinations. Elle approuve.

— Votre témérité est récompensée, fait-elle. Je ferai l'impossible pour vous aider.

Du coup, je lui baise les mains. Béru se croit obligé d'en faire autant.

— Vous êtes la Chinoise la plus choucarde que j'aie jamais vue, affirme-t-il en faisant jouer ses stores, pourtant j'en connais une dans un restaurant chinois de la rue M'sieur-le-Prince qu'est pas dégueulasse. Si vous voudrez mon avis, la Chinoise a tendance à être sèche, elle manque de rotondités. Vous, au moins, vous avez le rembourrage pullman.

— Je fais de l'anémie graisseuse, soupire Ko Man Kèlé.

— Ça vous va bien, madrigale Béru.

Vous le voyez, mes amis, l'affaire ne s'engage pas trop mal.

La disciple du professeur Gî Ber Jeûn nous accommode un repas digne de Lucullus. Jugez-en plutôt : Ri

D'vô Kla Mâr, Po Té O Ver Niâte, From'ton, Pro Fi T'rol. Elle nous déniche quelques bouteilles de bière et nous nous cognons le tronc de façon tout à fait remarquable, ce qui met du vague à l'âme dans le cœur du Gros.

Tout en nous accompagnant de la fourchette, Ko Man Kèlé nous parle de sa vie. Son père était un familier de Tchang Kaï-chek qui fut mis à mort par le nouveau régime. Sa mère vit à Formose avec ses sœurs. N'ayant pu les suivre à temps, Ko Man Kèlé a repris le fond de pompes funèbres familial et s'est affiliée au Parti, histoire de donner le change, mais elle est pour le retour de Tchang, la môme dodue.

Elle a été en outre profondément marquée par ses études de langues occidentales et son vieux prof lui a donné une formation d'esprit peu compatible avec la doctrine des dirigeants chinois.

— Dites-moi, fais-je, nous n'avons séjourné que peu de temps au pénitencier de Tu Man Di Ratan, quel est donc le minerai qu'on fait extraire aux détenus ?

Elle hausse ses sourcils en forme d'accent grave.

— Vous l'ignorez ?

— Je n'ai pu me faire une opinion.

— Il s'agit d'une mine de loto.

— Comment cela ?

— C'est dans le minerai que vous extrayâtes qu'on fabrique les boules de loto de compétition. Vous n'ignorez pas que ce jeu est très usité chez nous. Il est obligatoire dans les écoles. Les manufactures de loto travaillent jour et nuit et représentent quarante pour cent de l'industrie nationale. On exporte dans le monde entier, particulièrement dans les pays d'Afrique, où nous échangeons nos lotos contre du tapioca, du bois précieux, des défenses d'éléphants et la photographie en couleur du colonel Nasser. Le nouveau plan quinquennal prévoit pour 1970 un jeu de loto par tête d'habitant, et le ministre de la marine marchande, O Na Zi, a mis en chantier la fabrication de cargos spécialement aménagés pour le transport du loto.

Tout en devisant, nous finissons de petit déjeuner copieusement.

— Que puis-je pour vous, maintenant ? nous demande la chère grosse fille.

— Eh bien, nous aimerions prendre un peu de repos, un bain, et la route des rizières du Poû Lo Pô, énuméré-je.

— Il en sera selon votre désir, dit-elle, je vais vous enfermer dans un local discret, suivez-moi.

Elle nous fait traverser un couloir et pousse une porte matelassée. Nous entrons à sa suite dans une pièce obscure où règne une fraîcheur de cave. Je m'attends à ce qu'elle actionne un commutateur, mais Ko Man Kèlé n'en fait rien et nous guide dans l'obscurité jusqu'à un tapis.

— Etendez-vous là-dessus et dormez, recommande-t-elle. Je vous éveillerai dans l'après-midi afin de vous conduire dans la région des rizières.

Nous nous allongeons et elle se retire.

— Adorable fille, murmure le Gros, je lui jouerais bien l'introduction du Morceau de Faust dans l'Ouverture de *La Fille de Madame Angot*.

Sur ce regret en forme de vœu-le-plus-cher, il s'endort avec Cyprien en guise d'oreiller. Je lutte un instant car je suis très sensible aux odeurs et celle qui flotte ici me colle la migraine.

Mais la fatigue est souveraine.

J'abdique.

*
* *

Pour une fois, c'est Béru qui se lève le premier. Lorsque je rouvre mes vasistas (sans résultat puisque je suis dans le noir), je ne perçois que le souffle calme du mouton.

— Béru ! appelé-je.

Personne ne me répond. Je me lève et gagne la porte au jugé.

Depuis le couloir, je perçois des cris, des acclamations, un brouhaha confus. Me guidant au bruit, je pénètre dans une pièce tendue de soie noire où sévit un poste de télévision. Qu'aperçois-je sur le petit écran. Le président de la République française.

Je me rappelle pour lors les paroles du Vieux nous recommandant de passer pour des Suisses afin de ne pas troubler le voyage présidentiel à Pékin. Un speaker jacte très vite et, quelque part dans le salon, Ko Man Kèlé traduit au fur et à mesure. Je tourne la tête à droite (je pourrais aussi bien la tourner à gauche, ne souffrant pas de torticolis et n'ayant aucune vertèbre de déplacée) et j'avise la grosse embaumeuse assise sur les genoux de Béru. Vision extrême-orientale s'il en fût ! C'est bouddha pelotant *bouddhate*. Le Gros a la main baladeuse et le bisou à répétition.

— Devant une foule immense évaluée à environ seize millions de personnes, traduit notre hôtesse, le président de la République française monte à la tribune où il va prendre la parole en chinois !

— Ça ne m'étonne pas de lui, s'attendrit le Mastar, v'là un homme qu'est polygone bien qu'il habite pas Vincennes !

Le président a gravi les degrés de la tribune et se met à faire dix heures dix avec les bras.

On l'acclame derechef (d'Etat). Et alors le miracle se produit : il cause en chinois. La traductrice enchaîne dans la foulée : « Quand l'homme du dix-huit Brumaire vient à Pékin[1], c'est que le monde est en plein bouleversement… »

— Te casse pas la nénette, ma gosse, je connais la suite par cœur, assure le Gravos. J'ai été content de le revoir, mais maintenant tu peux z'éteindre biscotte je vais t'apprendre des trucs que ton vieux prof n'a sûrement pas été foutu de t'enseigner.

Il la fait basculer sur la natte à télévision (dans la pièce n'y a ni natte à lit ni natte à chat) et l'entreprend dans un style époustouflant. La pudeur m'inciterait à battre en retraite, mais, chose paradoxale, la discrétion me retient car maintenant que le bruit de la téloche a cessé, si je repartais, j'attirerais leur attention. Or, rien n'est plus dangereux que de choquer des amoureux à la fleur de leur ébats. On risque de leur provoquer un traumatisme dans le système tubo-recourbé et allées-et-venues capricieuses.

Sa Majesté qui a du talent, de l'ardeur et les moyens de l'exprimer, lui fait tout d'abord la perruque tournante, ensuite la mayonnaise ratée, le canoë fantôme, la chatte sur le toit brûlant, le delirium très mince, le même en plus gros, la farce de Maître Tâtelard et puis, pour en terminer, le sabre et le goupillon, la calotte glaciaire, le trou normand et la crêpe dentelle. Beau programme, tous les initiés l'admettront ; par initiés, j'entends les hommes

1. La bonne Ko Man Kèlé a dû faire une erreur ou commettre un lapsus.

qui, en dansant, parlent à leur cavalière de choses qui le sont également et non de leur profession.

Je me trouvais, voici quelque temps, dans une manière de bal de sous-préfecture, avec des bonshommes fringués à la noces-et-banquets et des dames grassouillettes à étoles de renards désargentés. Je faisais relâche, regardant tournoyer ces couples de béhoefs et tendant l'oreille à leurs propos. Dans des attitudes de valses viennoises, ils se roucoulaient des trucs qui semblaient sensuels, les mectons frappant le plancher de la pointe du nougat, à chaque tourbillon. Vous savez ce qu'ils leur causaient, les jules, à ces dames les emplumées ? Un garagiste, en passant devant moi, il gazouillait, l'œil badigeonné au blanc d'œuf : « Il ne faut pas rester comme ça. Venez me la montrer, ça doit provenir du Delco, vous avez sûrement les vis platinées qui déconnent… » Et puis arrivait un docteur, serrant sur son cœur une brassée de charcutière à motif imprimé. « Tous vos ennuis découlent de votre constipation chronique, ma bonne amie. » « Vous croyez ? » se pâmait l'autre, aux limites de l'extase. On la sentait vachement fière de sa constipation. Ça défilait comme des figurines de boîte à musique devant moi. Trois petits tours et ils partaient, flirtant à leur façon, sur leurs longueurs d'ondes personnelles en restant dans le cadre de leurs métiers pour ne pas se perdre, pour ne pas glisser. Le notaire parlait de faire l'acte de chair sous sein privé, l'architecte promettait à sa partenaire de rectifier son siphon de vidange, et le boulanger chuchotait à la sienne qu'elle avait de belles baguettes, des miches de premier choix et que son rêve serait de lui faire une fournée d'honneur.

Mais revenons au Gros et à sa Fou Zi Toûnienne. Ayant réalisé une belle performance, ils gisent, haletants, sur leur natte comme deux poulpes dans le fond d'une barcasse. Je tousse un peu pour me manifester.

— Bonne année à vous deux, lancé-je gaiement, joyeuses Pâques et que la fête continue !

Bérurier se redresse et me virgule un clin d'œil.

— Tu serais arrivé un poil plus tôt que tu nous eusses gênés, avoue-t-il. Mademoiselle et moi on s'est découvert un penchant commun, il était même tellement penché qu'on s'est retrouvés à l'horizontale, pas vrai, ma gosse ? ajoute-t-il en plaquant une claque vibrante sur le fessier de Ko Man Kèlé.

La femme comblée sourit gauchement et cache son émoi dans l'épaule de son vainqueur.

— Elle a que vingt ans, l'excuse Béru en berçant tendrement son tombereau de saindoux, on est pudique à c't âge-là !

*
* *

Nous procédons à une toilette très poussée. Ko Man Kèlé nous prête son rasoir et bientôt nous ressemblons, Bérurier et moi, à deux hommes civilisés.

— Vous tenez vraiment à partir tout de suite ? demande-t-elle en louchant sur le Casanova des faubourgs.

— Faut bien, môme, dit le Gros en lui massant les hémisphères d'un geste courtois. Y a pas de raison que notre président fasse sa culture physique en plein soleil sur la grand-place de Pékin et que nous autres on joue les désœuvrés.

Il est tout ragaillardi, l'Alexandre-Benoît. Il piaffe comme un bon bourrin qui se sent regardé par Léon Zitrone.

— Je vais vous conduire, soupire la tendre Ko Man

Kèlé, laquelle n'est plus jeune fille si elle est encore chinoise.

— De quelle manière ? m'inquiété-je.

— Suivez-moi, vous allez comprendre !

Nous retournons dans la salle où nous avons dormi. Cette fois elle actionne la lumière et nous poussons, mon grand Tamis et moi-même, un cri de surprise. Tout autour de la pièce, sur des dalles de marbre, sont installés des cadavres.

Il y a là des femmes, des hommes, des vieux, des jeunes.

Je pige maintenant l'origine de cette sournoise odeur qui me tarabustait les trous de nez. Nous avons dormi dans une morgue.

Ko Man Kèlé nous sourit.

— Je n'avais que cette pièce pour vous cacher, explique-t-elle, je n'ai pas voulu vous dévoiler son usage avant votre sommeil. C'est ici que j'embaume mes clients.

Bérurier lui fait gouligouli sous les bajoues.

— Voyez-moi cette friponne qui nous file le Père-Lachaise en guise de chambre à coucher ! Petite cachottière, va !

La môme nous entraîne vers le fond de la pièce. Des cercueils s'y trouvent empilés.

— Choisissez-en deux à votre taille, recommande-t-elle. Je vous transporterai jusqu'aux rizières dans mon fourgon mortuaire. Seulement, comme il y a plein de patrouilles armées sur la route, il vaut mieux jouer le jeu jusqu'au bout !

— Jusqu'au bout ! comme tu y vas, ma gosse ! pouffe Béru. Je veux bien voyager dans une de tes boîtes à viande froide, mais en qualité de vivant à part entière !

Nous nous mettons en devoir de choisir notre cercueil.

C'est une besogne ingrate, qui incite à philosopher. On se croirait un peu au décrochez-moi-ça ! Je m'en prends un rouge avec des lettres dorées. Béru, lui, soucieux de son confort, exige une bière capitonnée. Malheureusement l'unique modèle susceptible de l'héberger n'est pas assez haut pour lui, qui possède une cage thoracique très développée et le couvercle force un peu pour se fermer.

— Ça ne fait rien, décide-t-il, je garde tout de même ce pardingue ; simplement je boutonnerai que le bouton du milieu.

CHAPITRE QUINZE

Allongé dans un cercueil chinois avec une mitraillette pour compagne, voilà un sort qui n'a rien d'enviable. D'autant que la môme Ko Man Kèlé, soucieuse de nous soustraire à la sagacité des flics, a tenu à nous passer sur la frite une espèce de laque jaune qui nous déguise en cadavre chinetoque et à parfumer nos bières au baume Bing Gué. Je me fais un peu l'effet d'être mort pour de bon. Je me dis qu'il est bien dommage qu'on ne fasse pas faire aux vivants une répétition de leurs obsèques, histoire de les inciter à la méditation. Ils feraient un tour sur eux-mêmes, les pauvres bipèdes, et ils pigeraient enfin à quel point il ne leur aura servi de rien de s'être astiqué le palpitant, déconnecté le système nerveux, d'avoir pris du bide, perdu des tifs, sollicité la Légion d'honneur, fait appel aux huissiers, d'avoir troussé des pas fraîches par cupidité, négligé des juteuses par peur du scandale ou besogné leurs bonbonnes par devoir ou par habitude. Il ne leur aura servi de rien d'avoir fait des gosses, des guerres et des vacheries, d'avoir tiré des traites ou d'en avoir payé, d'avoir fait des régimes et du régiment, d'avoir menti, de s'être vendu à force de trop louer les autres, de s'être fait considérer par les Grecs, de s'être fait bénir contre remboursement, de s'être fait curé, curer et récurer, d'avoir eu leur nom dans le kiki et l'air cucu sur la photographie prise au cours du banquet donné en l'honneur de Qui que vous soyez !

Nous roulons depuis quelques minutes à une allure raisonnable. Le corbillard n'est pas noir, mais bleu à pois blancs, car la maison d'embaumement de notre complice a pour raison sociale Lus Tu Kru, ce qui, en chinois, veut dire, je tiens à le préciser pour ceux d'entre vous qui l'ignoreraient encore : « Si vous fûtes une bonne pâte de votre vivant, nous ferons de vous des cadavres pimpants comme des œufs frais. »

Fin de citation, comme on dit à Europe.

Ko Man Kèlé pilote d'une allure raisonnable. Et pourtant on fiche du temps mort dans son planning à cette grosse chérie. En effet, elle a huit défunts à préparer pour demain ; soit une famille nombreuse balayée par un plat de champignons chinois. Bien que la discipline du professeur Gi Ber Jeûn possède l'art d'accommoder les restes, l'embaumement de huit personnes représente du boulot. Et c'est le genre de turbin qu'on ne peut pas remettre indéfiniment, surtout que Ko Man Kèlé n'a qu'un tout petit frigo de rien du tout où elle conserve tout juste sa demi-bouteille[1] de lait et le mou de son chat.

Le départ de chez elle a été pénible à cause du mouton qu'on ne pouvait emmener ! Le Gros insista beaucoup, mais nous lui objectâmes qu'un bélier dans un corbillard était une chose par trop anachronique et propre à éveiller la suspicion des patrouilleurs. En pleurant, donc, Béru donna une suprême accolade à Cyprien et l'offrit (en guise de pense-bête) à sa conquête. « Comme ça, tu seras

1. Entière néanmoins.

forcé de penser à moi », larmoya-t-il en caressant les cornes de l'animal.

Je respire mal dans cette boîte. Elle sent la mort. La mort chinoise. Pourquoi les hommes n'ont-ils pas tous la même odeur ? J'ai mal au cœur. Une violente nausée me fouaille la tripe. Ça ne serait pas sérieux, un mort qui accroche les wagons. Va-t-il falloir que je fasse comme l'Ecossais dont parle mon ami Richard, et qui se mettait une pièce de monnaie entre les dents pour s'empêcher d'aller au refile ?

On roule. C'est long. Maintenant on a perdu l'habitude des voyages à petite vitesse. L'avion a tout chamboulé. Les distances ne se calculent plus en kilomètres, mais en francs. La monnaie est devenue également unité de longueur. Paris n'est plus à dix mille kilomètres d'un autre lieu, mais à trois cent mille francs. Ainsi le système métrique se précipite vers une faillite inéluctable.

Coup de patin ! Le corbillard tortille du prose un instant. Nos boîtes à bidoche vacillent et trinquent. Puis c'est l'immobilité. A travers les parois, j'entends parler en chinetoque. Je frémis un peu à l'idée que la môme Ko Man Kèlé nous a peut-être joué le même sale tour que Vao Dan Sing. Pourtant au fond de moi je lui garde ma confiance. Si elle avait l'intention de nous balancer à la poulaille, il était superflu de se livrer à cette mascarade des faux embaumements et de nous promener en cercueil monoplace, n'est-ce pas ?

J'entends coulisser la lourde du corbillard. Des zigs grimpent dans la voiture car les amortisseurs font un soubresaut. Je m'applique à choper la rigidité mortibus. La mitraillette, dans mon dos, me communique son inertie et sa froideur. On soulève mon couvercle. Une bouffée d'air plonge dans mes soufflets. C'est dur de ne pas s'en gorger. Je reste les yeux clos, le nez pincé, la bouche en coup de serpe. Un instant long comme une vie de concierge s'écoule. Va-t-on me tâter le pouls, me chatouiller, m'enfiler un doigt dans le nez ? Non, le couvercle se rabat. Les visiteurs s'évacuent et nous repartons. Ouf ! Ils n'ont pas maté dans la bière du Gros. Jamais Béru n'aurait été capable de recevoir ce bol d'air sans le vider. C'est exactement le genre de malin qui éternue lorsqu'il est planqué derrière un rideau ou qui a un borborygme au moment où il doit passer inaperçu.

On se paie encore un bon quart d'heure de promenade.

Rien n'est plus désagréable que de voyager à l'horizontale, la tête orientée dans le sens de la marche. Nouvel arrêt, mais cette fois-ci en douceur, je le devine volontaire. On s'est rangé sur le bas-côté de la route comme un bon touriste ayant repéré le coin de talus idéal pour le pique-nique. Car, vous l'avez remarqué, mais le vacancier ne pique-nique jamais ailleurs que sur le bas-côté d'une nationale. La route le fascine, le régit, le domine. Il ne peut pas s'en éloigner, que ce soit pour bouffer ou pour déféquer. A vingt mètres d'elle, il est perdu, orphelin, excommunié. Il lui faut la poussière blanche des talus, les âcres vapeurs d'essence et les coups de klaxons tonitruants pour bien savourer sa côte de porc et ses œufs durs. C'est un microbe qui ne s'éloigne jamais des grosses veines.

Le couvercle se soulève à nouveau. Je garde la pose, mais la voix harmonieuse de Ko Man Kèlé retentit :

— Nous y sommes, descendez vite !

Je me redresse en geignant. Je commençais à m'ankyloser dans ma guitoune. Béru m'imite. Il bâille.

— Ce que je dormais bien, dit-il. Vous voyez, mes aminches, c'est comme ça que je m'imagine la mort :

un grand roupillon qui n'en finit pas, avec pas de rêves et pas de bruits.

— Pressez-vous ! exhorte la chère camarade. Nous ne sommes que provisoirement seuls.

On déhote le véhicule. Nous nous trouvons dans un chemin bordé de bou t'chou[1].

Personne en vue. Personne hors de vue ! Le silence !

— Disparaissez vite ! supplie Ko Man Kèlé.

— Pas avant de t'avoir roulé une galoche d'adieu, môme, certifie Béru en la prenant dans ses bras.

Il file trente secondes d'extase à notre amie, puis, la larme à l'œil, il s'écarte d'elle.

— C'est des frangines comme toi qui font aimer un pays, petite fée, lui dit-il. T'es l'orgueil d'une nation, ma gosse, et surtout fais-toi pas maigrir, ça serait dommage. Tant que t'auras du roploplo à pneu-ballon, la main de l'homme se penchera sur ton cas, souviens-toi de ce que je te cause. L'homme, il a beau être chinois, il déteste l'anguleux. A plus y a du volume à palucher, au plus sa satisfaction est grande. J'ai été heureux de t'honorer de ma présence et j'espère que tu m'oublieras pas trop vite. Soigne bien Cyprien, embaume tes macchabées et laisse pisser le mouton, dans ton jardin de préférence afin de ne pas tacher le plancher.

Sur ce brillant sermon, il plaque un dernier baiser sur les lèvres de l'énergique fille et nous disparaissons derrière le bosquet de bou t'chou[2].

*
* *

1. Sorte de roseau géant à feuilles multigrades.
2. En chinois, bou t'chou ne prend pas d'x au pluriel !

Au-delà du bosquet, les rizières s'étendent à perte de vue.

— Mais c'est la Beauce ! s'écrie Bérurier.

Bien que n'ayant pas lu Péguy, il ajoute :

— Manque plus que la cathédrale de Chartres à l'horizon.

Comme il achève ces mots, la flèche de la fameuse cathédrale évoquée jaillit du sol et pique dans le ciel au milieu d'un nuage de fumaga.

Un dernier scintillement dans le soleil et c'est fini : plus rien, disparu, volatilisé, désintégré. Le Gros et moi nous nous frottons les yeux, puis nous nous dévisageons d'un air indécis.

— T'as vu ? bavoche Béroche.

— J'ai vu.

— C'était quoi t'est-ce ?

— Une fusée, mon gars. Et une rapide !

Il se masse la nuque longuement, comme pour se préparer la tige à idées.

— Je crois plutôt que c'était un mirage. On pense trop à c'te base, alors ça nous successionne. Si ç'aurait été une fusée on verrait sa rampe de lancement. Alors que là on a du riz à perte de vulve, pas un brin d'herbe qui soye plus haut que l'autre !

— J'avoue ne rien piger à ce phénomène, dis-je.

— Si on irait voir du côté que c'est parti ? propose le Gravos.

— J'allais le suggérer.

— C'est possible, un mirage à deux ?

— Bien sûr. Le mirage est un phénomène d'optique dû à l'échauffement ou à la densité inégale des couches de l'air et, par la suite, à la réflexion totale des rayons lumineux. Partant de là, on voit une chose réelle, mais on ne la voit pas là où elle se trouve.

— J'ai rien pigé, mais je conclus que tout de même une fusée nous est bel et bien partie devant le nez, peut-être beaucoup plus loin qu'on a cru, mais elle est partie ?

— Voilà !

Nous avançons dans les champs de riz inondés. Ça fait floque-floque sous nos pas.

Béru maugrée parce qu'il a horreur d'avoir les pieds mouillés. Mais le voici qui s'arrête. Lorsqu'une pensée lui vient, une forte, une profonde, s'entend, mon Valeureux est obligé de s'immobiliser.

— Ça ne change rien au problème, San-A.

— Quoi donc ?

— Mirage ou pas, si on voit les choses réelles, il n'en reste pas moins que cette fusée de mes choses est sortie de terre !

— Pas forcément, son dispositif de lancement nous était peut-être caché par un mamelon.

— De Cavaillon, plaisante l'Hénorme.

Nous reprenons notre marche. J'ai du 220 sous la peau, car je sens que je brûle. Je ne pense plus au danger, seule compte pour moi l'ivresse de la réussite. Même si nous laissons nos os dans l'aventure, même si nous n'arrivons pas à transmettre le renseignement aux Ricains, nous aurons trouvé la base. Je la devine à faible distance.

— Tu sembles jubiler ! remarque Bérurier.

— En effet, je suis certain que nous nous trouvons dans la région de la base.

— Et moi pas, dit-il, d'un ton très pénétré.

— Pourquoi ?

— Réfléchis un instant, San-A. Une base pareille, tu penses bien qu'elle doit être gardée pire que les diams de la couronne d'Angleterre ! Or, excepté la patrouille sur la route, on ne voit personne : pas un troufion, pas le moindre C.R.S., pas le plus petit bout de gardien de la paix !

Il n'est pas dépourvu de jugeote, le Béru ; effectivement, ce désert de riz est troublant, angoissant. A l'infini, sur des dizaines de kilomètres, on n'aperçoit que la nappe verte de céréales.

Et pourtant cette fusée…

Je lève les yeux… Un très léger nuage grisâtre flotte encore dans le ciel bleu : la fumée des gaz propulsant l'engin. Enfin quoi, merde ! comme disait une sœur de charité qui s'était coincé la cornette dans la porte automatique du métro, c'est pas un mirage, cette fumaga ! Elle existe ! Elle est bien là, filandreuse, tortueuse, méandreuse, onduleuse. Je veux bien que dans une plaine la notion de distance soit très approximative, pourtant cette fumée n'est pas à plus de deux kilomètres de nous.

J'oblique dans sa direction.

— Il va pourrir, leur riz, s'ils le font pousser dans la flotte, prophétise Béru, et ça sera bien fait pour leurs gueules ! La blanquette de veau et la paella, ils se les tortoreront sans garniture !

Il se tait, car il vient de heurter un objet dur, métallique. Cela a fait bing ! Il se masse le genou en grimaçant, puis il bave de stupeur. L'objet en question est une sorte de tuyau peint en vert, de la couleur du riz. Il est terminé par une boule de verre à facettes. Mais ça n'est pas l'objet lui-même qui provoque chez le Gros un excédent de sécrétion salivaire ; c'est son comportement ! Car il se comporte. Il pousse hors du champ, très vite, sorte de monstrueux végétal à croissance spontanée.

— Couche-toi ! crié-je en me jetant à plat ventre dans le marécage.

Bérurier m'imite sans piger.

— Qu'est-ce que c'est que ce machin incroyable ? balbutie-t-il.

— Un périscope ! Je viens de tout piger, Gros. La base est souterraine. Sa protection est assurée par un système d'œil électronique qui détecte la présence de tout corps étranger dans un périmètre donné. Nous sommes signalés et on tâche de nous repérer au moyen de périscopes.

— On n'arrête pas le progrès ! banalise le Gros, vautré dans la fange.

— Le progrès non, mais nos activités, il se pourrait très bien qu'on les arrête avant longtemps.

Je me mets sur le dos pour suivre le mouvement du périscope. Il s'est hissé à deux mètres du sol et sa boule à facettes tournique lentement, monstrueuse prunelle à laquelle on devine que rien ne saurait échapper.

Effectivement, la boule coiffée d'une calotte métallique s'est orientée vers le pied de sa tige, c'est-à-dire vers l'endroit où nous sommes. Elle ne bouge plus. Elle nous fixe. L'œil d'un homme, c'est parfois impressionnant, l'œil d'un serpent vous fait froid partout, mais le malaise que vous cause l'œil d'un robot n'est pas racontable. C'est l'œil du néant, l'œil de l'indifférence intégrale !

— Tu crois qu'il nous a vus ? demande Béru.

— Il nous regarde ! dis-je.

Fataliste, je me redresse. Le champ de riz est hérissé d'autres périscopes dont toutes les têtes chercheuses sont braquées sur nous. C'est affolant ! Une toile de Salvador Dali ! Un dessin de Procop ! Un cauchemar futuriste !

— On est marron, Gros. Maintenant notre compte est bon. On n'a plus que la satisfaction de caner dans la base que nous avions pour mission de découvrir.

— C'est maigrichon puisque personne ne le saura, remarque-t-il justement.

J'entends alors un léger sifflement. Sorti d'on ne sait où, un projectile en forme de soucoupe volante tournoie au-dessus de nos têtes et explose. Je rentre la tête dans les épaules, m'attendant à essuyer un jet de mitraille, mais non. Un gaz jaune poison, très dense, s'en dégage qui s'abat sur nous. C'est un truc mortel, pas de problème. On va éternuer notre existence dans la rizière. Que faire ! Ah ! San-A., comme tu es génial ! Quel cerveau complet ! Quelle présence d'esprit ! Quelle promptitude dans la décision ! Je dirige le canon de ma mitraillette contre le tube du périscope et je praline.

Le tuyau se déguise en harmonica. Maintenant la nappe de gaz n'est plus qu'à un mètre de nos têtes. La mort s'abat sur nous, lentement, majestueusement.

— Bouche-toi le nez et respire avec la bouche plaquée contre un de ces trous ! dis-je à Béru. Moi-même, je lui donne l'exemple. Si vous nous voyiez, mes gosselines, vous vous fendriez le pébroque jusqu'au pubis tellement on est marrant, les deux, à jouer les Rémus et Romulus en tétant le tuyau (c'est Béru qui fait Rémus, ou plutôt Raimu).

Bientôt nous ne nous voyons plus. Nous sombrons dans un nuage opaque comme l'œuf du même nom. Nous voici au cœur de la mort. Que notre bouche dévie de son orifice, ou que nous ne nous bloquions pas hermétiquement les deux narines et c'est scié. Je tète le goulet à petites goulées goulues. Le strict nécessaire pour que nos éponges continuent de fonctionner.

J'ai le goût du métal dans la bouche. On ne bronche pas. On attend, vivant pour vivre, uniquement, n'ayant plus en tête que la farouche volonté de subsister encore, de durer un peu plus, désespérément.

Le nuage soudain se disperse chassé par la brise. Nous conservons notre position. Nous sommes privés de cette mamelle de fer.

J'entends un glissement d'herbe. Deux silhouettes fantastiques s'avancent sur nous. Deux hommes vêtus de combinaisons spatiales en couillonium de soyépolihester marchent dans notre direction. Rageusement, en retenant ma respiration, je les braque avec ma seringue et je leur virgule une rafale très sèche. Ils s'abattent. Je n'ai pas le temps de revenir m'abreuver d'oxygène au tuyau, l'effort m'a obligé de respirer. Rien ne se produit. La nappe toxique est partie.

— Enfilons ces fringues en vitesse, sans nous relever, dis-je à mon ami. C'est la seule façon de passer inaperçu.

— Mais les périscopes ?

— Si nous demeurons à ras de terre ils ne nous verront pas et celui-ci et détérioré.

Dévêtir ces deux gugus n'est pas un mince travail, passer leurs combinaisons en est un autre aussi délicat. C'est plein de sang frais à l'intérieur.

— Faudra mettre des rustines ! dit Béru, en passant son doigt dans l'un des trous.

Nous coiffons nos casques, nous nous relevons et je me mets à suivre à contre-courant la foulée des deux gars, visible dans le riz haut (de Janeiro). Cette dernière nous conduit à une trappe ouverte dans le sol. Sur le couvercle de celle-ci, on a collé des tiges de riz artificielles afin de le rendre invisible. Diabolique, je vous dis !

Un escalier de fer est là, qui nous invite.

Sans hésiter je m'y engage !

CHAPITRE SEIZE

Une vingtaine d'échelons nous conduisent dans une sorte de cabine cylindrique aux parois garnies de caoutchouc-mousse (pour que ça fasse plus champêtre). Deux boutons s'y trouvent en saillie (comme on dit dans les haras). Il y en a un rouge et un vert. J'appuie sur le rouge. Il se produit un petit frisson électrique mais rien n'arrive. Alors je me paie le vert. Du coup, là-haut, la trappe enrizée se rabat, une rampe lumineuse s'éclaire dans la cabine et celle-ci s'enfonce dans les profondeurs de la terre. Du Jules Verne, les gars !

La plongée est rapide. Derrière son hublot, le Béru badigeonné de jaune par les soins attentifs de Ko Man Kèlé m'adresse une grimace, cependant que sa main droite s'élève à la hauteur de mes yeux. Il oppose le pouce de sa dextre à ses quatre autres doigts groupés pour exprimer la trouille. Je dois dire que ma témérité insensée donne le vertige. Délibérément voilà que nous pénétrons dans cette fichue base, sans une pensée pour les dangers qui nous attendent en bas.

Je parviens à lever légèrement la tête. Ce que je vois me fait frémir. L'escalier et son couvercle se trouvent à plus de cent mètres au-dessus de nous et nous nous enfonçons toujours, à une allure incroyable. Si nous n'étions pas alourdis par nos scaphandres, nous nous envolerions sûrement.

La plongée vertigineuse se poursuit pendant un temps qui me semble infini. On a rejoint l'éternité. A ce train-là nous allons arriver au noyau terrestre, c'est pas possible.

Ou alors, c'est le camarade Méphisto qui va nous accueillir. Enfin cela cesse. La cabine stoppe presque instantanément, mais sans secousse. Elle s'ouvre en deux, comme une cabine téléphonique cylindrique lorsqu'on fait coulisser la porte. Nous sortons et le spectacle le plus impensable se présente à nous. Tout ce qui a précédé n'est rien ! Broutilles, billevesées, gadjets ! Nous touchons au démesuré, à l'impossible (auquel pourtant nul n'est tenu), à la fantasmagorie, au surnaturel ! C'est à crier ! A pleurer ! A béer ! A prendre ou à laisser ! Nous venons, écoutez bien gentes dames et doux seigneurs, de DESCENDRE sur la Lune ! Non, je ne suis pas fou ! Je ne suis pas drogué ! Je ne rêve pas ! Mais la réalité (qui dépasse l'affliction) est indiscutable. Ou alors Béru et moi ne sommes nous-mêmes qu'une double illusion, un projet de San-A. et de Béru non abouti ! Un leurre (à propos quel leurre est-il, j'ai oublié ma montre ?).

Nous mettons le pied quelque part dans la mer des Salacités, ou dans celle des Rapatriés, ne sais. Un sol mort, tout en cratères, s'étend sous nos pieds. Et, tout là-haut, inaccessible et toujours familière, la planète Terre tournoie dans un ciel de velours noir, avec son continent américain, pareil à deux côtelettes superposées, avec son Afrique surmontée de son Europe. Son Asie, son Onasis, ses oasis, ses sots assis ; avec la France, avec Paris et toutes les villes, et toutes les sous-préfectures :

Mantes, La Tour-du-Pin, Louhans (en voiture, s'il vous plaît !), et tous les cafés où l'on boit si frais, les restaurants où l'on mange si chaud, les petits hôtels où l'on fait l'amour si bruyamment, sans crainte des voisins grincheux, avant de rentrer chez soi pour regarder le foteballe à la télé. Toute la Terre, mignonne dans le fond, possédant une bouille d'amie sur toutes les coutures ! La bonne Terre pleine de vivants par-dessus et de braves morts par-dedans.

Une sirène retentit, dont la voix caverneuse nous parvient, malgré le scaphandre. Nous avançons un peu, mais comme des fantômes ou comme des mannequins de plume car nous nous sentons infiniment légers tout à coup. Un bond et on s'élève de deux mètres. Le gars Béru rigole comme Lagardère derrière son hublot. On fait joujou ! Mais voici que nous tombons en arrêt devant une longue table de fer derrière laquelle sont assis trois autres cosmonautes. Ils semblent attendre. En nous apercevant, ils nous font signe de stopper et nous nous hâtons d'obéir. Quatre autres gars loqués comme nous radinent avec des bâtons. Tout de suite je crois que c'est quelque arme secrète, mais non, à deuxième vue, il s'agit bel et bien d'honnêtes bâtons. Les quatre arrivants, de leur démarche supra (ô combien) terrestre, arrivent sur nous, bâtons levés. Tout de suite je pige leur intention : ils veulent briser la vitre de notre scaphandre pour que nous périssions asphyxiés. Car nous sommes dans une formidable coupole souterraine où ont été recréés l'atmosphère et le sol luniens. Béru, le premier toujours lorsqu'il s'agit de la castagne, fait front aux arrivants. Le duel le plus insolite jamais réalisé commence alors. A l'intérieur de nos scaphandres, nous n'avons pas une grande liberté de mouvement, par contre la densité de l'atmosphère décuple la portée tandis que les deux autres me sélectionnent, moi. Et tout cela se déroule sous les regards fixes des trois mecs composant l'aréopage. Un grand attaquant me charge comme à la lance. Vous parlez d'un tournoi, messires ! D'ici que je morfle un manche à balai dans le lampion, comment Henri II, y a pas loin. Je me permets une esquive rotative qui lui oppose ma nuque et j'ai droit à un coup de goumi féroce. Ça me permet d'apercevoir des étoiles tout autour de la Terre. Mais je récupère vite et je me mets à tourniquer comme une toupie. Ça me propulse entre les bras du grand qui n'a pas eu la présence d'esprit de prendre du recul. Je lui arrache son bâton et je le trouve étrangement lourd. Doit y avoir une tringle d'acier ou du plomb dans le milieu. D'un coup de dargif charpinesque, je le fais reculer quand voilà le deuxième qui s'apprête à me casser le vasistas. Je n'ai que le temps de cloquer mon gourdin en travers, à la japonaise.

Nos triques se heurtent. Vlang ! Je réussis un croque-en-quille à l'archer *number two* et il se met à l'équerre, battant des deux bras pour récupérer son équilibre compromis.

Je lève le bâton arraché au précédent, et pof ! Je l'assène sur la lucarne du zig. Son hublot éclate et il choit, foudroyé. Au premier de ces messieurs, maintenant ! Je me retourne mais je n'ai pas à m'occuper de lui car il est à terre, avec le pied de Béru sur le hublot du scaphandre, de Béru qui s'est déjà nettoyé ses deux antagonistes, de Béru, triomphant et altier comme le gladiateur vainqueur !

Lors, les trois hommes de l'aréopage se lèvent et viennent à nous. Quelle est cette comédie burlesque ? Les voici qui nous mettent la main sur l'épaule et qui hochent tant bien que mal la tête comme pour nous complimenter. Celui du milieu nous entraîne le long d'une série de cratères qui font penser à une photographie démesurément agrandie d'Eddie Constantine.

La sente sinueuse que nous suivons laborieusement s'arrête devant une porte fermée à l'aide d'un grand volant d'acier. L'un des compagnons du chef actionne le volant. Nous entrons dans un sas circulaire. La porte est refermée, une autre est déverrouillée, de l'autre côté du sas ! Cette fois-ci, nous entrons dans une grande salle où l'atmosphère est redevenue normale. Des gars sans scaphandre, mais en cottes bleues s'y affairent silencieusement. Une musique douce, savamment diffusée par des baffles invisibles, donne au local une ambiance légèrement surnaturelle. On nous ôte nos scaphandres avec précautions, on nous fait étendre sur des lits de repos, dans un box fermé par des rideaux.

L'ahurissement du Gros fait mal à voir. Il paraît avoir des végétations. Ses yeux lui tombent sur les joues comme à une poupée de cire trop longtemps exposée au soleil.

— Tu as une idée de ce qui vient de se passer ? me demande-t-il.

— Approximative, Gros. Nous nous trouvons donc dans une base souterraine absolument phénoménale où l'on a recréé les conditions de vie sur la Lune. Les futurs cosmonautes y subissent un entraînement impitoyable. On leur enseigne à lutter pour leur vie. Nous avons été pris, à la faveur de nos combinaisons pour des gars de la base, et…

Je la boucle car des zigs radinent avec des instruments barbares. On reste allongés, chiquant les athlètes triomphants. Les messieurs en question nous palpent, nous températurent, nous chronomètrent, nous vérifient, nous vaselinent, nous talquent, nous choient, nous massent, nous stéthoscopent, nous abreuvent, nous électrifient… Tout cela en silence. Le mutisme semble être de rigueur dans cet univers, pire qu'à la Trappe.

A la fin de nouveaux types aux faces jaunes amènent deux combinaisons plus importantes que les précédentes, avec des tuyaux branchés partout : dans le masque, dans la poitrine, le dos, le prose et la braguette. Ils nous les passent avec des gestes automatiques, prévus, répétés. Des gestes étudiés qu'ils pourraient accomplir les yeux fermés au millième de seconde près. Le Mahousse me virgule un regard de détresse. Toute sa bouille cireuse crie S.O.S. en béruréen. Il en a plein le dos (et moi donc !) de cet attirail barbare. Il voudrait retrouver ses vieux maillots de corps à trous, ses caleçons à fleurs et ses hardes fleurant bon la pomme de terre frite. Ça commence à lui galoper sur la prostate les chinoiseries chinoises. Mais nous devons nous soumettre. Depuis trois jours notre vie ne tient qu'à un fil de plus en plus ténu.

Nous nous poursuivons grâce à une incroyable (d'ailleurs qui vous demande d'y croire) succession de miracles improvisés à chaque seconde.

Je remarque que, non seulement les gars ne nous parlent pas, mais qu'en outre ils ne se parlent pas entre eux. La musique ambiante fait partie de l'univers particulier où tout ce monde vit. Ces gens n'appartiennent plus à la surface de la terre. Pareils à des termites, ils préparent en son sein l'assaut du ciel.

Lorsque nous sommes bien harnachés, ils nous entraînent à leur suite dans ce labyrinthe secret, un peu comme une équipe de soigneurs escortent deux boxeurs jusqu'au ring. On passe des portes blindées, des pas blindées, des à volant, des à loquet, des à verrou, des à glissière, des à deux battants, des en bois, des en fer, des basses, des hautes, des dérobées ! Enfin on nous stoppe devant un énorme tube percé d'une ultime porte. A l'intérieur du tube se trouvent deux sièges bizarres et une foultitude d'appareils. Cette fois je glaglate sérieusement. On va passer à l'entraînement technique et ils vont découvrir que nous n'y connaissons que tchi[1] à leurs bidules, que nous sommes deux hideux imposteurs, deux fumistes, deux rigolos, deux va-de-la-gueule, deux plaisantins, deux paumés. Derrière sa tabatière, le Gros roule des agates de plus en plus désespérées. Il a envie de crier pouce (ou plutôt pousse-pousse, puisqu'on est en Chine). Mais, imperturbables, des Chinois-verts nous bloquent dans des sangles, nous connectent, nous branchent, nous tuyautent, nous enferment et nous abandonnent. J'ai un bruit dans les oreilles. Un bruit de beignets dans la friture bouillante. Je comprends qu'il s'agit de la respiration du Gros. Nous sommes en liaison par un des tubes acoustiques.

— Ohé, mec ! appelé-je.

Je le vois sourciller en deçà de son bitos vitré.

— C'est toi que tu me causes ? demande-t-il.

— *Yes*, mon pote.

— Ça se gâte, hein ? fait-il.

— Un peu, mon neveu.

— Qu'est-ce qu'ils nous maquillent ?

— Exercice de pilotage, Béru. On l'a *in the* baba car je ne suis pas foutu de savoir à quoi correspondent un seul de ces boutons, une seule de ces manettes !

Un sifflement métallique m'interrompt. Puis une voix nasillarde remplace celle de Béru. Elle scande des mots d'une syllabe au rythme des secondes et je pige qu'on joue à la phase de décollage habituelle, au compte à

1. Que tchi : expression chinoise signifiant ballepeau.

rebours. Effectivement, la dernière syllabe a été jetée avec plus de force.

Le tube dans lequel nous sommes bouclés reste immobile. Et puis il est parcouru d'un profond frémissement et j'ai l'impression qu'il retrouve aussitôt son immobilité. Mais soudain tout chavire, tout chancelle et me voici plongé dans le plus atroce cauchemar de tous les temps, car nous sommes tout à coup au sein d'une radieuse lumière. Cette lumière est celle du jour !

Nous nous trouvons en plein ciel !

CHAPITRE DIX-SEPT

Je sais que vous avez des réflexes plutôt lents (c'est-à-dire en somme que vous n'en avez pas) aussi me demandé-je si vous avez bien réalisé ce que je vous cause ?

En plein ciel, les gars !

Alors que deux secondes plus tôt nous croupissions au cœur de la Terre. Ça veut dire que l'exercice supposé n'en est pas un et qu'on vient bel et bien de nous filer dans un suppositoire cosmique. Nous piquons dans un ciel immense, fabuleusement bleu.

Coup d'œil sur mon voisin : il est d'un vert artichaut extraordinaire, Béru. Il a des cernes presque noirs sous les gobilles, et la frousse paraît l'avoir vieilli de cent dix ans !

Je mate par la vitre de la cabine et j'aperçois, très au-dessous de nous, les rizières de Poû Lo Pô qui se recroquevillent. Une immense ouverture (qui d'ici paraît minuscule) est pratiquée dans les champs de riz ; cette ouverture se referme car il s'agit d'une rizière à glissière (les plus rares).

Nous sommes en liaison radio avec les gars de la

base et un organe chinetoque me virgule des conseils que je ne pige bien entendu pas.

— Je veux pas ! hurle brusquement Bérurier, au comble de l'effroi.

Du coup, le technicien chinois la ferme, mais on sent passer une volée de points d'exclamations, entrelardés de points d'interrogations dans le silence ertzien qui succède à son blabla.

Le Gravos se trémousse dans son fauteuil-baquet.

— Je veux pas aller dans la Lune ! glapit-il. C'est class les conneries, cette fois je démissionne et je rentre à la maison !

Il commence à dégrafer ses sangles.

— Allez, San-A. ! crie-t-il, ouvre la lourde que je saute !

— T'es pas louf, Gros ! réagis-je d'une voix chevrotante.

— Je m'en fous de me déguiser en emplâtre pourvu que ça soye sur notre Terre à nous. Je refuse que mes claouis devinssent satellites artificiels et qu'ils tournassent jusqu'à plus soif autour d'une planète que je veux même pas savoir laquelle est-ce !

Sa panique est compréhensible. Qui donc, dans une circonstance de ce genre, parviendrait à garder son self-control, en dehors de San-Antonio, hmmm ? Elle m'aide à retrouver mon calme !

— Ta gueule, Gros ! hurlé-je.

Je me racle la gorge.

— Allô ! Allô ! lancé-je, il y a erreur, nous ne sommes pas des cosmonautes chinois ! M'entendez-vous ?

Béru, qui perçoit mon appel, enchaîne en claquant des chailles :

— Non, on est des touristes qui se sont égarés dans cette bon dieu de fusée. Faites-nous redescendre, m'sieurs-dames ! Vous nous fusillerez à l'arrivée si vous voudrez, mais nous laissez pas vadrouiller dans la Lune, c'est pas le genre de la maison !

Je distingue des grésillements dans l'appareil. Puis la voix du technicien glapit des choses. Malgré leur flegme asiatique, ils sont un peu babas, les Chinetoques. Ils vont en attraper la jaunisse !

Je vois la Terre, en bas. Un en bas qui va devenir un en haut à partir d'une certaine distance. Je distingue presque toute la Chine, je vois l'Himalaya comme je vous vois, avec son Everest couronné de nuages.

— Allô ! Allô ! reprends-je, avez-vous entendu ? Nous ne sommes pas cosmonautes. Si vous avez la possibilité de nous ramener au sol, faites-le !

Rien ! Le silence. Nous continuons de foncer vers le zénith. Béru s'est repris. Il devient fataliste et bigle lui aussi la Terre qui s'éloigne. C'est l'Asie tout entière que nous découvrons. Le ciel devient d'un bleu de plus en plus noir tandis que notre brave planète scintille comme un globe de bureau éclairé de l'intérieur.

— C'est bath, tout de même, fait Béru. Tu crois qu'on va voir la France ?

— D'ici très peu de temps, Gros !

— Grosse comme sur mes Atlas, s'attendrit le Mastar. Ah ! ça va me faire du bien de la regarder une dernière fois !

On continue de s'élever dans une trajectoire superbe et fulgurante.

— Ça y est ! m'exclamé-je, on aperçoit l'Europe !

— Où ce que ? glapit le Gravos.

— Sur la gauche. Tu reconnais pas l'Italoche, comme une jambe de poupée ?

— Ah ! les chers Ritals, soupire Béru. En train de bouffer leurs spaghetti au parmesan !

— Tu reconnais tes Alpes ?

— C'est beau ! Oh ! que c'est beau ! Toutes roses elles sont, San-A. ! J'eusse pas cru qu'elles étassent aussi roses, vu de Moutiers. Si t'aperçois Courchevel, fais-moi signe…

— La France ! clamé-je.

On se tait. Le bon hexagone nous semble minuscule et sa petitesse nous émeut.

— Mince, dit Béru, vue d'ici, la Bretagne, on dirait le nez du Général.

— Allô ! Allô !

Nous sursautons. Ça vient d'éclater dans nos appareils acoustiques comme les trompettes de la renommée.

— Allô ! Allô ! M'entendez-vous ? dit une voix dans un français bourré d'accent.

Le premier, Bérurier réagit.

— Bien sûr qu'on vous entend, dit-il, c'est à quel sujet ?

— Ici la Chine !

— Enchanté ! se trouble mon compagnon qui ne sait plus très bien où il en est.

— Ne touchez à aucun appareil.

— Comptez-y, promet l'orgueil de notre profession.

— Nous allons vous ramener à terre.

— Merci, m'sieur, balbutie le Gros avec un sanglot dans la voix, je vous promets que notre gouvernement vous remboursera l'essence !

Je fixe la Terre afin de vérifier le comportement de notre vaisseau spatial. Effectivement, la fusée amorce une courbe.

— Allô ! Allô ! dit une voix.

J'ai le sentiment étrange qu'il ne s'agit pas de celle qui vient de s'adresser à nous. Elle est plus nasillarde encore.

— J'écoute ! fais-je.

— Ici Cap Kennedy !

— Mince, ça se bouscule au portillon, remarque Béru en surimpression sonore !

— J'écoute ! répété-je.

— Vous allez faire ce que je vais vous dire, les gars, reprend la deuxième voix avec un accent yankee à découper à la scie à métaux, et tout se passera bien. Vous amerrirez dans le Pacifique, au large des îles marquises où des bâtiments américains vous repêcheront !

— Ça me botterait assez ! déclare Bérurier.

— Suivez nos instructions ! insiste la seconde voix.

La première intervient alors :

— Nous avons amorcé votre manœuvre de retour au sol. Si vous touchez à quoi que ce soit, la fusée risque de se désintégrer.

La sueur nous ruisselle sur la vitrine. On se regarde intensément, Béru et moi. Que faire ? Quelle solution adopter ?

Jamais option ne fut plus déterminante.

— Ecoute, Gros, dis-je, après cette plaisanterie, si on atterrit dans la mer de Chine, notre taf nous sera compté et on aura rien à y redire !

Tout son cran lui est revenu au Béru.

— Toi qu'as la passion des bagnoles sport, écoute le monsieur de Cap Kennedy, peut-être que tu sauras conduire notre cigarillo à bon port !

— Merci de ta confiance, Gros. Si ça craque nous aurons eu une fin peu banale !

Je reviens à nos moutons :

— Cap Kennedy, je vous écoute !

— Vous devez avoir devant vous un rétroverseur de bougnazal ?

— Ça se peut, mais comment le reconnaître ?

— C'est toujours la plus longue manette !

— Il y en a effectivement une plus longue que les autres.

— Tirez-la à vous !

— Elle est tirée !

— Alors poussez-la !

— Tu parles d'un moniteur d'auto-école, ronchonne le Gros dans son scaphandre, on n'est pas près d'avoir le permis avec un rigolo pareil.

J'ai une légitime hésitation et je pousse la manette indiquée. Notre fusée a un soubresaut et se met à hoqueter dangereusement.

— Merde ! y a de la perruque dans l'arrivée d'essence ! remarque le Gros. Ou alors c'est les soupapes qui sont grippées, faudra leur cloquer de l'Aspro !

Je lui fais signe de se taire.

— Tout tremble ! annoncé-je.

— Je vous l'avais annoncé, déclare froidement la voix chinoise. Vous allez vous désintégrer !

— Risquez le paquet, les gars ! oppose la voix américaine.

— O.K. ! réponds-je à cette dernière. Que faut-il faire maintenant ?

— Actionnez l'antivibreur cystographique !

— C'est quoi ?

— Sur nos fusées c'est le bouton blanc placé au-dessus du lave-glace.

— Sur celle-là, ça doit être le bouton rouge, déduis-je.

— Alors, allez-y, *my boy* !

Je tourne le bouton rouge moleté. La fusée change

d'orbite, c'est très net, mais n'en continue pas moins ses hoquets. La voix chinoise se file en re no[1] :

— Tournez immédiatement ce bouton dans la position initiale, ou sinon vous êtes perdus !

— N'en faites rien ! les garçons ! gueule le mec de Cap Kennedy.

— Ton avis, pépère ? demandé-je à mon copassager.

— Ben puisqu'on a choisi, on a choisi, philosophe-t-il.

Il regarde par la baie vitrée.

— Dites, les Ricains, interpelle-t-il, je vous signale toutefois qu'on se rapproche de la Terre. Si vous voudriez pas nous déguster sur la poire, faudrait voir à nous signaler comment t'est-ce qu'on ouvre le pébroque !

— Trop tôt encore ! tranche la voix américaine. Vous avez devant vous un cadran à baloches oscillantes, non ?

— Oui, dis-je, car j'en ai déjà vu au rayon quincaillerie du Bazar de l'Hôtel de Ville.

— Il indique combien ?

— 1957, réponds-je.

— L'année où Anquetil a gagné son premier Tour de France ! précise Béru qui est un sportif invertébré.

— Lorsqu'il indiquera 1914, vous tirerez sur les deux leviers placés de chaque côté du portrait de Mao Tsé-toung, ordonne l'homme de Cap Kennedy. Après quoi vous fermerez le robinet de vidange situé sous l'escabeau de la kitchenette ! C'est tout ! Bonne chance, les gars ! On est de tout cœur avec vous ici, et bravo pour la performance ! Terminé !

Je surveille l'aiguille du cadran. Elle recule rapidement. J'avance mes mains sur les leviers.

1. Expression chinoise signifiant « en crosse ».

— Si vous touchez à ces leviers ! déclare la voix chinoise, vous sautez, avis !

Je réalise alors seulement qu'une caméra de téloche est placée face à nous et que, du sol, les Chinois nous surveillent.

Béru aussi aperçoit cet œil indiscret.

— On va tout de même y toucher, camarades, dit-il d'un ton tranchant. Et tant pis pour ce qu'arrivera. Voilà, ça y est presque : 1918, 1917, 1916, 1915, bon baiser à mardi, caresse aux enfants, lettre suit ! Vas-y, San-A. !

J'opère la manœuvre prescrite ! Un heurt formidable se produit. Il me semble que nous nous disloquons et puis non : nous sommes toujours là, solides au poste. Je mate par le hublot, les rétrofusées rétrofusent et le parachute s'est ouvert. Nous descendons doucement.

— Ma parole, balbutie le Gros, mais on va s'en sortir, San-A.

— Je commence à y croire, dis-je.

— Pourvu qu'on se pose bien dans de la flotte, ça doit filer une sacrée secousse à l'arrivée !

CONCLUSION

Une sacrée secousse, oui !

Et cependant c'est bien dans de la flotte, comme le souhaitait Béru, que nous nous posons ! Notre capsule s'enfonce durement dans l'élément liquide.

— On coule ! crie Béru.

Effectivement, nous continuons de nous engloutir au sein des eaux. Mais la descente s'arrête et, après un léger temps mort, la fusée remonte lentement à la surface. Au passage nous apercevons des tas de poissons éberlués qui clignent de l'œil en nous apercevant.

— On a bien fait de ne pas ouvrir la lourde avant l'arrêt complet du véhicule, se réjouit Béru, ce machin-là c'est encore plus traître que le métro !

Vite, nous nous dépêtrons de nos sangles, nous arrachons nos tuyaux, nous nous dévissons mutuellement nos casques.

La fusée flotte à la surface de l'eau.

— Où qu'on est, à ton avis ? demande la Gros en m'aidant à déverrouiller la porte. Qui c'est qui l'a emporté : la manœuvre des Chinetoques ou celle que les Amerloques nous ont fait exécuter ?

— Je serais bien en peine de te répondre…

Enfin la lourde est ouverte. Nous sortons de notre étroit logement et nous nous juchons à califourchon sur la fusée.

Il fait encore nuit dans la partie du monde où nous venons d'amerrir. Néanmoins, je distingue des montagnes sur notre gauche, très près.

— Bonté divine, soupire le Gros, on n'est pas passé loin ! Tu crois que c'est quoi, ces montagnes ? Les îles Marquises ou la Chine ?

Le léger ronron d'un moteur retentit. Dans le léger brouillard qui paraît flotter sur les eaux, je distingue un canot. Il fonce droit sur nous. Un seul homme est à son bord.

— Dans un instant nous saurons si c'est le Pacifique ou l'océan Indien, Gros.

L'embarcation se précise. L'homme qui la pilote est un solide gaillard aux cheveux gris, à la face rubescente et au regard clair. Il porte un chandail marron sur une chemise blanche au col défait.

Il y a des filets à l'avant de son barlu. Il fronce les sourcils en nous apercevant, réduit les gaz, décrit un arc de cercle pour nous aborder de profil.

— *Do you speak English, Sir ?* lui crié-je. Il hausse ses larges épaules.

— Vous feriez mieux de causer français si vous voulez que je vous réponde. Qu'est-ce que vous faites sur ce bidon ?

Un Français ! Pas de doute : la voix, l'accent, la chaleur du timbre !

Béru murmure :

— Nous arrivons du cosmos, mon brave.

— Moi aussi, tous les matins, quand la veille j'ai ramassé une peinture, rétorque le navigateur aussi matinal que solitaire.

— Où sommes-nous, m'sieur, siouplaît ? insiste le Gros.

— Dans le lac d'Aiguebelette, en Savoie ! répond le pêcheur d'une voix étonnée. C'est'y que vous le sauriez pas ? Oh ! dites les enfants, vous deviez être à un sacré banquet hier soir et vous avez trop forcé sur l'Apremont, non ?

Il rit d'un grand rire farceur, heureux ! Du rire qu'ont les Français quand ils vont relever leurs filets de bon matin et qu'ils trouvent deux types à califourchon sur une fusée chinoise dans le lac d'Aiguebelette.

Sur son invitation, nous montons à bord de son canot, et on lui saute au cou, Béru et moi. On lui dit qu'il est l'être le plus merveilleux de notre vie et qu'on ne l'oubliera plus jamais.

Il ne s'étonne pas tellement car son siège est fait.

— Ecoutez, dit-il, je suis Dédé Bellemain qui tient Novalaise-Plage. Personne est encore levé à la baraque et on a la cuisine pour nous. Alors on va aller manger une paire d'œufs sur le plat, ça vous remettra de votre émotion, parce que j'ai idée que vous avez drôlement dû charger la carriole, cette nuit ! Remarquez, ça ne fait de mal à personne et, après tout, on n'a qu'une vie, hein ?

— C'est vrai, murmuré-je, on n'a qu'une vie !

Un quart d'heure plus tard nous sommes dans l'aimable établissement de notre pêcheur repêcheur. Il y fait bon et calme.

— Je peux téléphoner à Paris ? murmuré-je, avant que de m'asseoir.

Il me désigne la cabine et je me hâte d'appeler le Vieux.

— Vous ! Vous ! Vous ! Vous ! s'exclame ce dernier, époustouflé. Comment ? Mais où ? Mais qu'est-ce que ? Mais enfin ! Mais mon Dieu !

Car il a su par les Services américains dans quelle position fâcheuse nous nous trouvions. Je lui résume la fin de l'odyssée.

— Tiraillé par les Chinois d'un côté, par les Américains de l'autre, expliqué-je, nous sommes tombés entre les deux continents, c'est-à-dire chez nous ! C'est symbolique, pas vrai, patron ?

Il se racle la gorge à plusieurs reprises, ce qui ne me dit rien qui vaille.

— Ecoutez, San-Antonio, me dit-il, surtout pas un mot de tout cela à personne ! A personne, m'entendez-vous ? Et surtout pas aux Américains car notre président vient de signer un traité d'alliance avec la Chine.

J'efface un instant de stupeur compliquée d'amertume.

— En somme, patron, notre fantastique équipée n'aura servi à rien ?

Il se racle la gorge.

— Heu, je n'ai pas voulu dire ça, je…

La porte de la cabine s'entrouvre sur le Dédé Bellemain qui passe sa belle tête rougeaude dans l'encadrement.

— Excusez-moi, me dit-il, mais vos œufs, vous les voulez comment ?

« A l'assassin, avec un filet de vinaigre ? Je vous le conseille. C'est bon pour la gueule de bois. »

FIN

Un guide de lecture inédit élaboré
par Raymond Milési

REMONTEZ LE FLEUVE AVEC LE COMMISSAIRE SAN-ANTONIO

La première aventure du commissaire San-Antonio est parue en 1949. Peu à peu, ce personnage au punch et à la sincérité extraordinaires a pris dans le cœur des lecteurs de tous âges une place si importante qu'on peut parler à son sujet de véritable *phénomène*. Qu'il s'agisse de son exceptionnel succès dans l'édition ou de l'enthousiasme qu'il provoque, on est en droit de le situer — et de loin — au premier rang des « héros littéraires » de notre pays.

1. Bibliographie des aventures de San-Antonio

A) La série

Jusqu'en 2002, la série était disponible dans une collection appelée « *San-Antonio* », abrégée en « **S-A** », **avec une numérotation qui ne tenait pas compte – pour une bonne partie – de l'ordre originel des parutions**.

La collection garde le même nom mais, à partir de 2003, **sa numérotation va respecter l'ordre chronologique**.

Dès lors, la bibliographie ci-après se consulte de la façon suivante :

- En tête apparaît le numéro « chronologique », celui qui figure sur chaque roman réimprimé *à partir de 2003.*
- Après le titre vient, entre parenthèses, la date de première publication.
- Puis est indiquée la collection d'origine (Spécial Police de 1950 à 1972 et **S-A avec l'ancienne numérotation** : reprises et originaux de 1973 à 2002).
- O.C. signale que le titre a été réédité dans les Œuvres Complètes, le numéro du tome étant précisé en chiffres romains.

■■■■■■■■■■■■■■

1. **RÉGLEZ-LUI SON COMPTE** (1949)
(S-A 107) – O.C. XXIV

2. **LAISSEZ TOMBER LA FILLE** (1950)
Spécial-Police 11 – **(S-A 43)** – O.C. III

3. **LES SOURIS ONT LA PEAU TENDRE** (1951)
Spécial-Police 19 – **(S-A 44)** – O.C. II

4. **MES HOMMAGES À LA DONZELLE** (1952)
Spécial-Police 30 – **(S-A 45)** – O.C. X

5. **DU PLOMB DANS LES TRIPES** (1953)
Spécial-Police 35 – **(S-A 47)** – O.C. XII

6. **DES DRAGÉES SANS BAPTÊME** (1953)
Spécial-Police 38 – **(S-A 48)** – O.C. IV

7. **DES CLIENTES POUR LA MORGUE** (1953)
Spécial-Police 40 – **(S-A 49)** – O.C. VI

8. **DESCENDEZ-LE À LA PROCHAINE** (1953)
Spécial-Police 43 – **(S-A 50)** – O.C. VII

9. **PASSEZ-MOI LA JOCONDE** (1954)
Spécial-Police 48 – **(S-A 2)** – O.C. I

10. **SÉRÉNADE POUR UNE SOURIS DÉFUNTE** (1954)
Spécial-Police 52 – **(S-A 3)** – O.C. VIII

11. **RUE DES MACCHABÉES** (1954)
Spécial-Police 57 – **(S-A 4)** – O.C. VIII

12. **BAS LES PATTES !** (1954)
Spécial-Police 59 – **(S-A 51)** – O.C. XI

13. **DEUIL EXPRESS** (1954)
Spécial-Police 63 – **(S-A 53)** – O.C. IV

14. **J'AI BIEN L'HONNEUR DE VOUS BUTER** (1955)
Spécial-Police 67 – **(S-A 54)** – O.C. VIII

15. **C'EST MORT ET ÇA NE SAIT PAS** (1955)
Spécial-Police 71 – **(S-A 55)** – O.C. XIII

16. **MESSIEURS LES HOMMES** (1955)
Spécial-Police 76 – **(S-A 56)** – O.C. II

17. **DU MOURON À SE FAIRE** (1955)
Spécial-Police 81 – **(S-A 57)** – O.C. XV

18. **LE FIL À COUPER LE BEURRE** (1955)
Spécial-Police 85 – **(S-A 58)** – O.C. XI

19. **FAIS GAFFE À TES OS** (1956)
Spécial-Police 90 – **(S-A 59)** – O.C. III

20. **À TUE... ET À TOI** (1956)
Spécial-Police 93 – **(S-A 61)** – O.C. VI

21. **ÇA TOURNE AU VINAIGRE** (1956)
Spécial-Police 101 – **(S-A 62)** – O.C. IV

22. **LES DOIGTS DANS LE NEZ** (1956)
Spécial-Police 108 – **(S-A 63)** – O.C. VII

23. **AU SUIVANT DE CES MESSIEURS** (1957)
Spécial-Police 111 – **(S-A 65)** – O.C. IX

24. **DES GUEULES D'ENTERREMENT** (1957)
Spécial-Police 117 – **(S-A 66)** – O.C. IX

25. **LES ANGES SE FONT PLUMER** (1957)
Spécial-Police 123 – **(S-A 67)** – O.C. XII

26. **LA TOMBOLA DES VOYOUS** (1957)
Spécial-Police 129 – **(S-A 68)** – O.C. IV

27. **J'AI PEUR DES MOUCHES** (1957)
Spécial-Police 141 – **(S-A 70)** – O.C. I

28. **LE SECRET DE POLICHINELLE** (1958)
Spécial-Police 145 – **(S-A 71)** – O.C. III

29. **DU POULET AU MENU** (1958)
Spécial-Police 151 – **(S-A 72)** – O.C. V

30. **TU VAS TRINQUER, SAN-ANTONIO** (1958)
Spécial-Police 157 – **(S-A 40)** – O.C. V
(tout en pouvant se lire séparément, ces deux derniers romans constituent une même histoire en deux parties)

31. **EN LONG, EN LARGE ET EN TRAVERS** (1958)
Spécial-Police 163 – **(S-A 7)** – O.C. XIII

32. **LA VÉRITÉ EN SALADE** (1958)
Spécial-Police 173 – **(S-A 8)** – O.C. VI

33. **PRENEZ-EN DE LA GRAINE** (1959)
Spécial-Police 179 – **(S-A 73)** – O.C. II

34. **ON T'ENVERRA DU MONDE** (1959)
Spécial-Police 188 – **(S-A 74)** – O.C. VII

35. **SAN-ANTONIO MET LE PAQUET** (1959)
Spécial-Police 194 – **(S-A 76)** – O.C. IX

36. **ENTRE LA VIE ET LA MORGUE** (1959)
Spécial-Police 201 – **(S-A 77)** – O.C. IX

37. **TOUT LE PLAISIR EST POUR MOI** (1959)
Spécial-Police 207 – **(S-A 9)** – O.C. XIII

38. **DU SIROP POUR LES GUÊPES** (1960)
Spécial-Police 216 – **(S-A 5)** – O.C. II

39. **DU BRUT POUR LES BRUTES** (1960)
Spécial-Police 225 – **(S-A 15)** – O.C. IX

40. **J'SUIS COMME ÇA** (1960)
Spécial-Police 233 – **(S-A 16)** – O.C. VI

41. **SAN-ANTONIO RENVOIE LA BALLE** (1960)
Spécial-Police 238 – **(S-A 78)** – O.C. VII

42. **BERCEUSE POUR BÉRURIER** (1960)
Spécial-Police 244 – **(S-A 80)** – O.C. IV

43. **NE MANGEZ PAS LA CONSIGNE** (1961)
Spécial-Police 250 – **(S-A 81)** – O.C. XI

44. **LA FIN DES HARICOTS** (1961)
Spécial-Police 259 – **(S-A 83)** – O.C. X

45. **Y A BON, SAN-ANTONIO** (1961)
Spécial-Police 265 – **(S-A 84)** – O.C. VIII

46. **DE « A » JUSQU'À « Z »** (1961)
Spécial-Police 273 – **(S-A 86)** – O.C. XII

47. **SAN-ANTONIO CHEZ LES MAC** (1961)
Spécial-Police 281 – **(S-A 18)** – O.C. VII

48. **FLEUR DE NAVE VINAIGRETTE** (1962)
Spécial-Police 293 – **(S-A 10)** – O.C. I

49. **MÉNAGE TES MÉNINGES** (1962)
Spécial-Police 305 – **(S-A 11)** – O.C. IX

50. **LE LOUP HABILLÉ EN GRAND-MÈRE** (1962)
Spécial-Police 317 – **(S-A 12)** – O.C. X

51. **SAN-ANTONIO CHEZ LES « GONES »** (1962)
Spécial-Police 321 – **(S-A 13)** – O.C. V

52. **SAN-ANTONIO POLKA** (1963)
Spécial-Police 333 – **(S-A 19)** – O.C. V

53. **EN PEIGNANT LA GIRAFE** (1963)
Spécial-Police 343 – **(S-A 14)** – O.C. II

54. **LE COUP DU PÈRE FRANÇOIS** (1963)
Spécial-Police 358 – **(S-A 21)** – O.C. XI

55. **LE GALA DES EMPLUMÉS** (1963)
Spécial-Police 385 – **(S-A 41)** – O.C. V

56. **VOTEZ BÉRURIER** (1964)
Spécial-Police 391 – **(S-A 22)** – O.C. I

57. **BÉRURIER AU SÉRAIL** (1964)
Spécial-Police 427 – **(S-A 87)** – O.C. III

58. **LA RATE AU COURT-BOUILLON** (1965)
Spécial-Police 443 – **(S-A 88)** – O.C. I

59. **VAS-Y BÉRU** (1965)
Spécial-Police 485 – **(S-A 23)** – O.C. VIII

60. **TANGO CHINETOQUE** (1966)
Spécial-Police 511 – **(S-A 24)** – O.C. VI

61. **SALUT, MON POPE !** (1966)
Spécial-Police 523 – **(S-A 25)** – O.C. X

62. **MANGE, ET TAIS-TOI !** (1966)
Spécial-Police 565 – **(S-A 27)** – O.C. XII

63. **FAUT ÊTRE LOGIQUE** (1967)
Spécial-Police 577 – **(S-A 28)** – O.C. X

64. **Y'A DE L'ACTION !** (1967)
Spécial-Police 589 – **(S-A 29)** – O.C. XIII

65. **BÉRU CONTRE SAN-ANTONIO** (1967)
Spécial-Police 613 – **(S-A 31)** – O.C. XII

66. **L'ARCHIPEL DES MALOTRUS** (1967)
Spécial-Police 631 – **(S-A 32)** – O.C. XI

67. **ZÉRO POUR LA QUESTION** (1968)
Spécial-Police 643 – **(S-A 34)** – O.C. XIII

68. **BRAVO, DOCTEUR BÉRU** (1968)
Spécial-Police 661 – **(S-A 35)** – O.C. XIV

69. **VIVA BERTAGA** (1968)
Spécial-Police 679 – **(S-A 37)** – O.C. XIV

70. **UN ÉLÉPHANT, ÇA TROMPE** (1968)
Spécial-Police 697 – **(S-A 38)** – O.C. XIV

71. **FAUT-IL VOUS L'ENVELOPPER ?** (1969)
Spécial-Police 709 – **(S-A 39)** – O.C. XIV

72. **EN AVANT LA MOUJIK** (1969)
Spécial-Police 766 – **(S-A 89)** – O.C. XIV

73. **MA LANGUE AU CHAH** (1970)
Spécial-Police 780 – **(S-A 90)** – O.C. XV

74. **ÇA MANGE PAS DE PAIN** (1970)
Spécial-Police 829 – **(S-A 92)** – O.C. XV

75. **N'EN JETEZ PLUS !** (1971)
Spécial-Police 864 – **(S-A 93)** – O.C. XV

76. **MOI, VOUS ME CONNAISSEZ ?** (1971)
Spécial-Police 893 – **(S-A 94)** – O.C. XV

77. **EMBALLAGE CADEAU** (1972)
Spécial-Police 936 – **(S-A 96)** – O.C. XVI

78. **APPELEZ-MOI CHÉRIE** (1972)
Spécial-Police 965 – **(S-A 97)** – O.C. XVI

79. **T'ES BEAU, TU SAIS !** (1972)
Spécial-Police 980 – **(S-A 99)** – O.C. XVI

80. **ÇA NE S'INVENTE PAS** (1973)
(S-A 1) – O.C. XVI

81. **J'AI ESSAYÉ, ON PEUT** (1973)
(S-A 6) – O.C. XVII

82. **UN OS DANS LA NOCE** (1974)
(S-A 17) – O.C. XVII

83. **LES PRÉDICTIONS DE NOSTRABÉRUS** (1874)
(S-A 20) – O.C. XVII

84. **METS TON DOIGT OÙ J'AI MON DOIGT** (1974)
(S-A 26) – O.C. XVII

85. **SI, SIGNORE** (1974)
(S-A 30) – O.C. XVIII

86. **MAMAN, LES PETITS BATEAUX** (1975)
(S-A 33) – O.C. XVIII

87. **LA VIE PRIVÉE DE WALTER KLOZETT** (1975)
(S-A 36) – O.C. XVIII

88. **DIS BONJOUR À LA DAME** (1975)
(S-A 42) – O.C. XVIII

89. **CERTAINES L'AIMENT CHAUVE** (1975)
(S-A 46) – O.C. XIX

90. **CONCERTO POUR PORTE-JARRETELLES** (1976)
(S-A 52) – O.C. XIX

91. **SUCETTE BOULEVARD** (1976)
(S-A 60) – O.C. XIX

92. **REMETS TON SLIP, GONDOLIER** (1977)
(S-A 64) – O.C. XIX

93. **CHÉRIE, PASSE-MOI TES MICROBES !** (1977)
(S-A 69) – O.C. XX

94. **UNE BANANE DANS L'OREILLE** (1977)
(S-A 75) – O.C. XX

95. **HUE, DADA !** (1977)
(S-A 79) – O.C. XX

96. **VOL AU-DESSUS D'UN LIT DE COCU** (1978)
(S-A 82) – O.C. XX

97. **SI MA TANTE EN AVAIT** (1978)
(S-A 85) – O.C. XXI

98. **FAIS-MOI DES CHOSES** (1978)
(S-A 91) – O.C. XXI

99. **VIENS AVEC TON CIERGE** (1978)
(S-A 95) – O.C. XXI

100. **MON CULTE SUR LA COMMODE** (1979)
(S-A 98) – O.C. XXI

101. **TIRE-M'EN DEUX, C'EST POUR OFFRIR** (1979)
(S-A 100) – O.C. XXII

102. **À PRENDRE OU À LÉCHER** (1980)
(S-A 101) – O.C. XXII

103. **BAISE-BALL À LA BAULE** (1980)
(S-A 102) – O.C. XXII

104. **MEURS PAS, ON A DU MONDE** (1980)
(S-A 103) – O.C. XXII

105. **TARTE À LA CRÈME STORY** (1980)
(S-A 104) – O.C. XXIII

106. **ON LIQUIDE ET ON S'EN VA** (1981)
(S-A 105) – O.C. XXIII

107. **CHAMPAGNE POUR TOUT LE MONDE !** (1981)
(S-A 106) – O.C. XXIII

→ À partir du 108e roman ci-dessous, la numérotation affichée auparavant sur les ouvrages de la collection *« San-Antonio »* correspond à l'ordre chronologique. Le numéro actuel et le précédent sont donc identiques. Mais, pour éviter toute équivoque, nous continuons tout de même à les mentionner l'un et l'autre jusqu'au bout.

108. **LA PUTE ENCHANTÉE** (1982)
(S-A 108) – O.C. XXIII

109. **BOUGE TON PIED QUE JE VOIE LA MER** (1982)
(S-A 109) – O.C. XXIV

110. **L'ANNÉE DE LA MOULE** (1982)
(S-A 110) – O.C. XXIV

111. **DU BOIS DONT ON FAIT LES PIPES** (1982)
(S-A 111) – O.C. XXIV

112. **VA DONC M'ATTENDRE CHEZ PLUMEAU** (1983)
(S-A 112) – O.C. XXV

113. **MORPION CIRCUS** (1983)
(S-A 113) – O.C. XXV

114. **REMOUILLE-MOI LA COMPRESSE** (1983)
(S-A 114) – O.C. XXV

115. **SI MAMAN ME VOYAIT !** (1983)
(S-A 115) – O.C. XXV

116. **DES GONZESSES COMME S'IL EN PLEUVAIT** (1984)
(S-A 116) – O.C. XXVI

117. **LES DEUX OREILLES ET LA QUEUE** (1984)
(S-A 117) – O.C. XXVI

118. **PLEINS FEUX SUR LE TUTU** (1984)
(S-A 118) – O.C. XXVI

119. **LAISSEZ POUSSER LES ASPERGES** (1984)
(S-A 119) – O.C. XXVI

120. **POISON D'AVRIL ou la vie sexuelle de Lili Pute** (1985)
(S-A 120) – O.C. XXVII

121. **BACCHANALE CHEZ LA MÈRE TATZI** (1985)
(S-A 121) – O.C. XXVII

122. **DÉGUSTEZ, GOURMANDES !** (1985)
(S-A 122) – O.C. XXVII

123. **PLEIN LES MOUSTACHES** (1985)
(S-A 123) – O.C. XXVII

124. **APRÈS VOUS S'IL EN RESTE, MONSIEUR LE PRÉSIDENT** (1986)
(S-A 124) – O.C. XXVIII

125. **CHAUDS, LES LAPINS !** (1986)
(S-A 125) – O.C. XXVIII

126. **ALICE AU PAYS DES MERGUEZ** (1986)
(S-A 126) – O.C. XXVIII

127. **FAIS PAS DANS LE PORNO...** (1986)
(S-A 127) – O.C. XXVIII

128. **LA FÊTE DES PAIRES** (1986)
(S-A 128) – O.C. XXIX

129. **LE CASSE DE L'ONCLE TOM** (1987)
(S-A 129) – O.C. XXIX

130. **BONS BAISERS OÙ TU SAIS** (1987)
(S-A 130) – O.C. XXIX

131. **LE TROUILLOMÈTRE À ZÉRO** (1987)
(S-A 131) – O.C. XXIX

132. **CIRCULEZ ! Y A RIEN À VOIR** (1987)
(S-A 132)

133. **GALANTINE DE VOLAILLE POUR DAMES FRIVOLES** (1987)
(S-A 133)

134. **LES MORUES SE DESSALENT** (1988)
(S-A 134)

135. **ÇA BAIGNE DANS LE BÉTON** (1988)
(S-A 135)

136. **BAISSE LA PRESSION, TU ME LES GONFLES !** (1988)
(S-A 136)

137. **RENIFLE, C'EST DE LA VRAIE** (1988)
(S-A 137)

138. **LE CRI DU MORPION** (1989)
(S-A 138)

139. **PAPA, ACHÈTE-MOI UNE PUTE** (1989)
(S-A 139)

140. **MA CAVALE AU CANADA** (1989)
(S-A 140)

141. **VALSEZ, POUFFIASSES** (1989)
(S-A 141)

142. **TARTE AUX POILS SUR COMMANDE** (1989)
(S-A 142)

143. **COCOTTES-MINUTE** (1990)
(S-A 143)

144. **PRINCESSE PATTE-EN-L'AIR** (1990)
(S-A 144)

145. **AU BAL DES ROMBIÈRES** (1990)
(S-A 145)

146. **BUFFALO BIDE** (1991)
(S-A 146)

147. **BOSPHORE ET FAIS RELUIRE** (1991)
(S-A 147)

148. **LES COCHONS SONT LÂCHÉS** (1991)
(S-A 148)

149. **LE HARENG PERD SES PLUMES** (1991)
(S-A 149)

150. **TÊTES ET SACS DE NŒUDS** (1991)
(S-A 150)

151. **LE SILENCE DES HOMARDS** (1992)
(S-A 151)

152. **Y EN AVAIT DANS LES PÂTES** (1992)
(S-A 152)

153. **AL CAPOTE** (1992)
(S-A 153)

154. **FAITES CHAUFFER LA COLLE** (1993)
(S-A 154)

155. **LA MATRONE DES SLEEPINGES** (1993)
(S-A 155)

156. **FOIRIDON À MORBAC CITY** (1993)
(S-A 156)

157. **ALLEZ DONC FAIRE ÇA PLUS LOIN** (1993)
(S-A 157)

158. **AUX FRAIS DE LA PRINCESSE** (1993)
(S-A 158)

159. **SAUCE TOMATE SUR CANAPÉ** (1994)
(S-A 159)

160. **MESDAMES VOUS AIMEZ « ÇA »** (1994)
(S-A 160)

161. **MAMAN, LA DAME FAIT RIEN QU'À ME FAIRE DES CHOSES** (1994)
(S-A 161)

162. **LES HUÎTRES ME FONT BÂILLER** (1995)
(S-A 162)

163. **TURLUTE GRATOS LES JOURS FÉRIÉS** (1995)
(S-A 163)

164. **LES EUNUQUES NE SONT JAMAIS CHAUVES** (1996)
(S-A 164)

165. **LE PÉTOMANE NE RÉPOND PLUS** (1995)
(S-A 165)

166. **T'ASSIEDS PAS SUR LE COMPTE-GOUTTES** (1996)
(S-A 166)

167. **DE L'ANTIGEL DANS LE CALBUTE** (1996)
(S-A 167)

168. **LA QUEUE EN TROMPETTE** (1997)
(S-A 168)

169. **GRIMPE-LA EN DANSEUSE** (1997)
(S-A 169)

170. **NE SOLDEZ PAS GRAND-MÈRE, ELLE BROSSE ENCORE** (1997)
(S-A 170)

171. **DU SABLE DANS LA VASELINE** (1998)
(S-A 171)

172. **CECI EST BIEN UNE PIPE** (1999)
(S-A 172)

173. **TREMPE TON PAIN DANS LA SOUPE** (1999)
(S-A 173)

174. **LÂCHE-LE, IL TIENDRA TOUT SEUL** (1999)
(S-A 174)
(ces deux derniers romans sont à lire à la suite car ils constituent une seule histoire répartie en deux tomes)

175. **CÉRÉALES KILLER** (2001) – parution posthume
(original non numéroté : v. ci-dessous)

B) Les Hors-Collection

Neuf romans, de format plus imposant que ceux de la « série », sont parus depuis 1964. Tous les originaux aux éditions FLEUVE NOIR, forts volumes cartonnés jusqu'en 1971, puis brochés. Ces ouvrages sont de véritables feux d'artifice allumés par la verve de leur auteur. L'humour atteint souvent ici son paroxysme. Bérurier y tient une place « énorme », au point d'en être parfois la vedette !

Remarque importante : outre ces neuf volumes, de nombreux autres « Hors-Collection » – originaux ou rééditions de *Frédéric Dard* – signés **San-Antonio** ont été publiés depuis 1979. Ces livres remarquables, souvent bouleversants *(Faut-il tuer les petits garçons qui ont les mains sur les hanches ?, La vieille qui marchait dans la mer, Le dragon de Cracovie...)* ne concernent pas notre policier de choc et de charme. Sont mentionnés dans les « Hors-Collection » ci-dessous uniquement les romans dans lesquels figure le *Commissaire San-Antonio !*

- **L'HISTOIRE DE FRANCE VUE PAR SAN-ANTONIO**, 1964 – réédité en 1997 sous le titre **HISTOIRE DE FRANCE**
- **LE STANDINGE SELON BÉRURIER**, 1965 – réédité en 1999 sous le titre **LE STANDINGE**
- **BÉRU ET CES DAMES**, 1967 – réédité en 2000
- **LES VACANCES DE BÉRURIER**, 1969 – réédité en 2001
- **BÉRU-BÉRU**, 1970 – réédité en 2002
- **LA SEXUALITÉ**, 1971
- **LES CON**, 1973
- **SI QUEUE-D'ÂNE M'ÉTAIT CONTÉ**, 1976 (aventure entièrement vécue et racontée par Bérurier) – réédité en 1998 sous le titre ***QUEUE D'ÂNE***
- **NAPOLÉON POMMIER**, 2000

→ Paru en 2001 dans un format « moyen » non numéroté, **CÉRÉALES KILLER** est bien le 175e roman de la série *San-Antonio*. Réédité en poche en 2003.

2. Guide thématique de la série « San-Antonio »

Les aventures de San-Antonio sont d'une telle richesse que toute tentative pour les classifier ne prêterait – au mieux – qu'à sourire si l'on devait s'en tenir là. Une mise en schéma d'une telle œuvre n'a d'intérêt que comme jalon, à dépasser d'urgence pour aller voir « sur place ». Comment rendre compte d'une explosion permanente ? Ce petit guide thématique n'est donc qu'une « approche », partielle, réductrice, observation d'une constellation par le tout petit bout de la lorgnette. San-Antonio, on ne peut le connaître qu'en le lisant, tout entier, en allant se regarder soi-même dans le miroir que nous tend cet auteur de génie, le cœur et les yeux grands ouverts.

Dans les 175 romans numérotés parus au Fleuve Noir, on peut dénombrer, en simplifiant à l'extrême, 10 types de récits différents. Bien entendu, les sujets annexes abondent ! C'est pourquoi seul a été relevé ce qu'on peut estimer comme le thème « principal » de chaque livre.

Le procédé vaut ce qu'il vaut, n'oublions pas que « simplifier c'est fausser ». Mais il permet – en gros, en très gros ! – de savoir de quoi parlent les *San-Antonio,* sur le plan « polar ». J'insiste : gardons à l'esprit que là n'est pas le plus important. *Le plus important, c'est ce qui se passe entre le lecteur et l'auteur, et qu'on ne pourra jamais classer dans telle ou telle catégorie.*

Avertissement

Comme il serait beaucoup trop long de reprendre tous les titres, seuls leurs *numéros* sont indiqués sous chaque rubrique. ATTENTION : ce sont les numéros de la collection « *San-Antonio* » référencée **S-A** dans la bibliographie ! En effet, les ouvrages de cette collection sont et seront encore disponibles pendant longtemps.

Néanmoins, ces numéros sont chaque fois rangés dans l'ordre chronologique des parutions, du plus ancien roman au plus récent.

A. Aventures de Guerre, ou faisant suite à la Guerre.

Pendant le conflit 39-45, San-Antonio est l'as des *Services Secrets.* Résistance, sabotages, chasse aux espions avec actions d'éclat. On plonge ici dans la « guerre secrète ».

→ S-A **107** (reprise du tout premier roman de 1949) • S-A **43** • S-A **44** • S-A **47**

Dans les années d'après-guerre, le commissaire poursuit un temps son activité au parfum de contre-espionnage (espions à identifier, anciens collabos, règlements de comptes, criminels de guerre, trésors de guerre). Ce thème connaît certains prolongements, bien des années plus tard.

→ S-A **45** • S-A **50** • S-A **63** • S-A **68** • S-A **78**

B. Lutte acharnée contre anciens (ou néo-)nazis

La Guerre n'est plus du tout le « motif » de ces aventures, même si l'enquête oppose en général San-

Antonio à d'anciens nazis, avec un fréquent *mystère à élucider.* C'est pourquoi il était plus clair d'ouvrir une nouvelle rubrique. Les ennemis ont changé d'identité et refont surface, animés de noires intentions ; à moins qu'il s'agisse de néo-nazis, tout aussi malfaisants.

→ S-A **54** • S-A **58** • S-A **59** • S-A **38** • S-A **92** • S-A **93** • S-A **42** • S-A **123** • S-A **151**

C. San-Antonio opposé à de dangereux trafiquants

Le plus souvent en mission à l'étranger, San-Antonio risque sa vie pour venir à bout d'individus ou réseaux qui s'enrichissent dans le trafic de la drogue, des armes, des diamants… Les aventures démarrent pour une autre raison puis le trafic est découvert et San-Antonio se lance dans la bagarre.

→ S-A **3** • S-A **65** • S-A **67** • S-A **18** • S-A **14** • S-A **110** • S-A **159**

D. San-Antonio contre Sociétés Secrètes : un homme traqué !

De puissantes organisations ne reculent devant rien pour conquérir pouvoir et richesse : *Mafia* (affrontée par ailleurs de manière « secondaire ») ou *sociétés secrètes* asiatiques. Elles feront de notre héros un homme traqué, seul contre tous. Il ne s'en sortira qu'en déployant des trésors d'ingéniosité et de courage.

→ S-A **51** • S-A **138** • S-A **144** • S-A **160** • S-A **170** • S-A **171** • S-A **172** • S-A **173**

Certains réseaux internationaux visent moins le profit que le chaos universel. San-Antonio doit alors défier lors d'aventures échevelées des groupes *terroristes* qui cherchent à dominer le monde. Frissons garantis !
→ S-A **34** • S-A **85** • S-A **103** • S-A **108**

E. Aventures *personnelles :* épreuves physiques et morales

Meurtri dans sa chair et ses sentiments, San-Antonio doit *s'arracher à des pièges mortels.* Sa « personne » – sa famille, ses amis – est ici directement visée par des individus pervers et obstinés. Jeté aux enfers, il remonte la pente et nous partageons ses tourments. C'est sans doute la raison pour laquelle plusieurs de ces romans prennent rang de *chefs-d'œuvre.* Bien souvent, le lecteur en sort laminé par les émotions éprouvées, ayant tout vécu de l'intérieur !
→ S-A **61** • S-A **70** • S-A **86** • S-A **27** • S-A **97** • S-A **36** • S-A **111** • S-A **122** • S-A **131** • S-A **132** • S-A **139** • S-A **140** • S-A **174** • **175**

F. À la poursuite de voleurs ou de meurtriers

Pour autant, on peut rarement parler de polars « classiques ». Ce sont clairement des *enquêtes,* mais à la manière (forte) de San-Antonio !

• Enquêtes « centrées » sur le vol ou l'escroquerie

Les meurtres n'y manquent pas, mais l'affaire tourne toujours autour d'un vol (parfois chantage, ou fausse monnaie...). Peu à peu, l'étau se resserre autour des malfaiteurs, que San-Antonio, aux méthodes « risquées », finit par ramener dans ses filets grâce à son cerveau, ses poings et ses adjoints.

→ S-A **2** • S-A **62** • S-A **73** • S-A **80** • S-A **10** • S-A **25** • S-A **90** • S-A **113** • S-A **149**

• **Enquêtes « centrées » sur le meurtre**

À l'inverse, ces aventures ont le meurtre pour fil conducteur. San-Antonio doit démêler l'écheveau et mettre la main sur le coupable, en échappant bien des fois à la mort. Vol et chantage sont encore d'actualité, mais au second plan.

→ S-A **55** • S-A **8** • S-A **76** • S-A **9** • S-A **5** • S-A **81** • S-A **83** • S-A **84** • S-A **41** • S-A **22** • S-A **23** • S-A **28** • S-A **35** • S-A **94** • S-A **17** • S-A **26** • S-A **60** • S-A **100** • S-A **116** • S-A **127** • S-A **128** • S-A **129** • S-A **133** • S-A **135** • S-A **137** • S-A **143** • S-A **145** • S-A **152** • S-A **161** • S-A **163**

• (Variante) **Vols ou meurtres *dans le cadre d'une même famille***

→ S-A **4** • S-A **7** • S-A **74** • S-A **46** • S-A **91** • S-A **114** • S-A **141** • S-A **148** • S-A **154** • S-A **165**

G. Affaires d'enlèvements

Double but à cette *poursuite impitoyable* : retrouver les ravisseurs et préserver les victimes !

→ S-A **56** (porté à l'écran sous le titre *Sale temps pour les mouches*) • S-A **16** • S-A **13** • S-A **19** • S-A **39** • S-A **52** • S-A **118** • S-A **125** • S-A **126** • S-A **136** • S-A **158**

H. Attentats ou complots contre hauts personnages

Chaque récit tourne autour d'un attentat – visant souvent la sécurité d'un état – que San-Antonio doit à tout prix empêcher, à moins qu'il n'ait pour mission de… l'organiser au service de la France !

→ • S-A **48** • S-A **77** • S-A **11** • S-A **21** • S-A **88** • S-A **96** • S-A **33** • S-A **95** • S-A **98** • S-A **102** • S-A **106** • S-A **109** • S-A **120** • S-A **124** • S-A **130**

I. Une aiguille dans une botte de foin !

À partir d'indices minuscules, San-Antonio doit *mettre la main sur un individu, une invention, un document* d'un intérêt capital. Chien de chasse infatigable, héroïque, il ira parfois au bout du monde pour dénicher sa proie.

→ S-A **49** • S-A **53** • S-A **57** • S-A **66** • S-A **71** • S-A **72** • S-A **40** • S-A **15** • S-A **12** • S-A **87** • S-A **24** • S-A **29** • S-A **31** • S-A **37** • S-A **89** • S-A **20** • S-A **30** • S-A **69** • S-A **75** • S-A **79** • S-A **82** • S-A **101** • S-A **104** • S-A **105** • S-A **112** • S-A **115** • S-A **117** • S-A **119** • S-A **121** • S-A **134** • S-A **142** • S-A **146** • S-A **147** • S-A **150** • S-A **153** • S-A **156** • S-A **157** • S-A **164** • S-A **166** • S-A **167**

J. Aventures aux thèmes entremêlés

Quelques récits n'ont pris place – en priorité du moins – dans aucune des rubriques précédentes. Pour ceux-là, le choix aurait été artificiel car aucun des motifs ne se détache du lot : ils s'ajoutent ou s'insèrent l'un dans l'autre. La caractéristique est donc ici *l'accumulation des thèmes.*

→ S-A **32** • S-A **99** • S-A **1** • S-A **6** • S-A **64** • S-A **155** • S-A **162** • S-A **168** • S-A **169**

SANS OUBLIER...

Voilà donc répartis en thèmes simplistes *tous* les ouvrages de la série. Mais les préférences de chacun sont multiples. Plus d'un lecteur choisira de s'embarquer dans un « San-Antonio » pour des raisons fort éloignées de la thématique du polar. Encore heureux ! On dépassera alors le point de vue du spécialiste, pour ranger de nombreux titres sous des bannières différentes. Avec un regard de plus en plus coloré par l'affection.

Note

Contrairement à ce qui précède, certains numéros vont apparaître ici à plusieurs reprises. C'est normal : on peut tout à la fois éclater de rire, pleurer, s'émerveiller, frissonner, s'émouvoir... dans un même *San-Antonio !*

• ***Incursions soudaines dans le fantastique***

Au cours de certaines affaires, on bascule tout à coup dans une ambiance mystérieuse, avec irruption du « fantastique ». San-Antonio se heurte à des faits *étranges :* sorcellerie, paranormal, envoûtement…

→ S-A **28** • S-A **20** • S-A **129** • S-A **135** • S-A **139** • S-A **140** • S-A **152** • S-A **172** • S-A **174**

• ***Inventions redoutables et matériaux extraordinaires***

Dans plusieurs romans, le recours à un attirail futuriste entraîne une irruption soudaine de la *science-fiction.* Il arrive même qu'il serve de motif au récit. Voici un échantillon de ces découvertes fabuleuses pour lesquelles on s'entretue :

Objectif fractal (un grain de beauté photographié par satellite !), réduction d'un homme à 25 cm, armée tenue en réserve par cryogénisation, échangeur de personnalité, modificateur de climats, neutraliseur de volonté, lunettes de télépathie, forteresse scientifique édifiée sous la Méditerranée, fragment d'une météorite transformant la matière en glace, appareil à ôter la mémoire, microprocesseur réactivant des cerveaux morts, et j'en passe… !

→ S-A **57** • S-A **12** • S-A **41** • S-A **23** • S-A **34** • S-A **35** • S-A **37** • S-A **89** • S-A **17** • S-A **20** • S-A **30** • S-A **64** • S-A **69** • S-A **75** • S-A **105** • S-A **123** • S-A **129** • S-A **146**

• ***Savants fous et terrifiantes expériences humaines***

→ S-A **30** • S-A **52** • S-A **116** • S-A **127** • S-A **163**

• ***Romans « charnière »***

Sont ainsi désignés les romans où apparaît pour la première fois un nouveau personnage, qui prend définitivement place aux côtés de San-Antonio.

S-A **43** : Félicie (sa mère), *en 1950.*
S-A **45** : Le Vieux (Achille), *en 1952.*
S-A **49** : Bérurier, *en 1953.*
S-A **53** : Pinaud, *en 1954.*
S-A **66** : Berthe (première apparition physique), *en 1957.*
S-A **37** : Marie-Marie, *en 1968.*
S-A **94** : Toinet (ou Antoine, le fils adoptif de San-Antonio), *en 1971.*
S-A **128** : Jérémie Blanc, *en 1986.*
S-A **168** : Salami, en *1997.*
S-A **173** : Antoinette (fille de San-Antonio et Marie-Marie), en *1999.*

Mathias, le technicien rouquin, est apparu peu à peu, sous d'autres noms.

• ***Bérurier et Pinaud superstars !***

Le Gros, l'Inénarrable, Béru ! est sans conteste le plus brillant « second » du commissaire San-Antonio. Présent dans la majorité des romans, il y déploie souvent une activité débordante. Sans se hisser au même niveau, le doux et subtil Pinaud tient aussi une place de choix…

· *participation* importante *de Bérurier*
→ S-A **18** • S-A **10** • S-A **11** • S-A **14** • S-A **22** • S-A **88** • S-A **23** • S-A **24** • S-A **27** • S-A **28** • S-A **32** • S-A **34** • S-A **37** • S-A **89** • S-A **90** • S-A **93** • S-A

97 • S-A **1** • S-A **20** • S-A **30** • S-A **33** • S-A **46** • S-A **52** • S-A **75** • S-A **101** • S-A **104** • S-A **109** • S-A **116** • S-A **126** • S-A **145** • S-A **163** • S-A **166**

N'oublions pas les « Hors-Collection », avec notamment *Queue d'âne* où Bérurier est seul présent de bout en bout !

- *participation* importante *de Bérurier* et *Pinaud* → S-A **12** • S-A **87** • S-A **25** • S-A **35** • S-A **96** • S-A **105** • S-A **111** • S-A **148** (fait exceptionnel : San-Antonio ne figure pas dans ce roman !) • S-A **156**

- ***Marie-Marie, de l'enfant espiègle à la femme mûre***

Dès son apparition, Marie-Marie a conquis les lecteurs. La fillette malicieuse, la « Musaraigne » éblouissante de *Viva Bertaga* qui devient femme au fil des romans est intervenue dans plusieurs aventures de San-Antonio.

- *Fillette espiègle et débrouillarde :* → S-A **37** • S-A **38** • S-A **39** • S-A **92** • S-A **99**

- *Adolescente indépendante et pleine de charme :* → S-A **60** • S-A **69** • S-A **85**

- *Belle jeune femme, intelligente et profonde :* Il ne s'agit parfois que d'apparitions intermittentes. → S-A **103** • S-A **111** • S-A **119** • S-A **120** • S-A **131** (où Marie-Marie devient veuve !) • S-A **139** • S-A **140** • S-A **152**

- *Femme mûre, mère d'Antoinette (fille de San-Antonio) :* → S-A **173** • S-A **174** • **175**

• ***Le rire***

Passé la première trentaine de romans (et encore !), le *rire* a sa place dans toutes les aventures de San-Antonio, si l'humour, lui, est *partout,* y compris au cœur de la colère, de l'amour et de la dérision. Mais plusieurs aventures atteignent au délire et nous transportent vraiment d'hilarité par endroits. Dans cette catégorie décapante, on conseillera vivement :

→ S-A **10** • S-A **14** • S-A **87** • S-A **88** • S-A **23** • S-A **25** • S-A **2** • S-A **35**

Y ajouter, là encore, tous les « Hors-Collection ». Qui n'a pas lu *Le Standinge, Béru-Béru* ou *Les vacances de Bérurier* n'a pas encore exploité son capital rire. Des romans souverains contre la morosité, qui devraient être remboursés par la Sécurité Sociale !

• ***Grandes épopées planétaires***

San-Antonio – le plus souvent accompagné de Bérurier – nous entraîne aux quatre coins de la planète dans des aventures épiques et « colossales ». Humour, périls mortels, action, rebondissements.

→ S-A **10** • S-A **87** • S-A **88** • S-A **24** • S-A **37** • S-A **89**

• ***Les « inoubliables »***

Je rangerais sous ce titre quelques romans-choc (dont certains ont déjà été cités plusieurs fois, notamment dans les épopées ci-dessus). On tient là des *chefs-d'œuvre,* où l'émotion du lecteur est à son comble. Bien sûr, c'est subjectif, mais quel autre critère adopter pour ce qui relève du coup de cœur ? Lisez-les : vous serez vite convaincus !

→ S-A **61** • S-A **70** • S-A **83** • S-A **10** • S-A **87** • S-A **88** • S-A **24** • S-A **25** • S-A **37** • S-A **111** • S-A **132** • S-A **140**

POUR FINIR...

Il ne me reste plus qu'à souhaiter à tous ceux qui découvrent les aventures de San-Antonio (comme je les envie !) des voyages colorés, passionnants, émouvants, trépidants, surprenants, pathétiques, burlesques, magiques, étranges, inattendus ; des séjours enfiévrés ; des rencontres mémorables ; des confidences où l'intime se mêle à l'épopée.

Quant aux autres, ils savent déjà tout ça, n'est-ce pas ?

Ce qui ne les empêche pas de revisiter à tout instant la série *San-Antonio,* monument de la littérature d'évasion, pour toujours inscrit à notre patrimoine.

Raymond Milési

Correspondance entre l'ancienne numérotation de la collection « San-Antonio » et la nouvelle numérotation chronologique *portée sur chaque roman réimprimé à partir de 2003.*

S-A	→	*chrono*			
S-A 1	→	***80***	**S-A 29**	→	***64***
S-A 2	→	***9***	**S-A 30**	→	***85***
S-A 3	→	***10***	**S-A 31**	→	***65***
S-A 4	→	***11***	**S-A 32**	→	***66***
S-A 5	→	***38***	**S-A 33**	→	***86***
S-A 6	→	***81***	**S-A 34**	→	***67***
S-A 7	→	***31***	**S-A 35**	→	***68***
S-A 8	→	***32***	**S-A 36**	→	***87***
S-A 9	→	***37***	**S-A 37**	→	***69***
S-A 10	→	***48***	**S-A 38**	→	***70***
S-A 11	→	***49***	**S-A 39**	→	***71***
S-A 12	→	***50***	**S-A 40**	→	***30***
S-A 13	→	***51***	**S-A 41**	→	***55***
S-A 14	→	***53***	**S-A 42**	→	***88***
S-A 15	→	***39***	**S-A 43**	→	***2***
S-A 16	→	***40***	**S-A 44**	→	***3***
S-A 17	→	***82***	**S-A 45**	→	***4***
S-A 18	→	***47***	**S-A 46**	→	***89***
S-A 19	→	***52***	**S-A 47**	→	***5***
S-A 20	→	***83***	**S-A 48**	→	***6***
S-A 21	→	***54***	**S-A 49**	→	***7***
S-A 22	→	***56***	**S-A 50**	→	***8***
S-A 23	→	***59***	**S-A 51**	→	***12***
S-A 24	→	***60***	**S-A 52**	→	***90***
S-A 25	→	***61***	**S-A 53**	→	***13***
S-A 26	→	***84***	**S-A 54**	→	***14***
S-A 27	→	***62***	**S-A 55**	→	***15***
S-A 28	→	***63***	**S-A 56**	→	***16***

S-A 57 → ***17***
S-A 58 → ***18***
S-A 59 → ***19***
S-A 60 → ***91***
S-A 61 → ***20***
S-A 62 → ***21***
S-A 63 → ***22***
S-A 64 → ***92***
S-A 65 → ***23***
S-A 66 → ***24***
S-A 67 → ***25***
S-A 68 → ***26***
S-A 69 → ***93***
S-A 70 → ***27***
S-A 71 → ***28***
S-A 72 → ***29***
S-A 73 → ***33***
S-A 74 → ***34***
S-A 75 → ***94***
S-A 76 → ***35***
S-A 77 → ***36***
S-A 78 → ***41***
S-A 79 → ***95***
S-A 80 → ***42***
S-A 81 → ***43***
S-A 82 → ***96***
S-A 83 → ***44***
S-A 84 → ***45***
S-A 85 → ***97***
S-A 86 → ***46***
S-A 87 → ***57***
S-A 88 → ***58***
S-A 89 → ***72***
S-A 90 → ***73***
S-A 91 → ***98***
S-A 92 → ***74***
S-A 93 → ***75***
S-A 94 → ***76***
S-A 95 → ***99***
S-A 96 → ***77***
S-A 97 → ***78***
S-A 98 → ***100***
S-A 99 → ***79***
S-A 100 → ***101***
S-A 101 → ***102***
S-A 102 → ***103***
S-A 103 → ***104***
S-A 104 → ***105***
S-A 105 → ***106***
S-A 106 → ***107***
S-A 107 → ***1***

À partir du n° **108**, les numéros de la collection « **S-A** » coïncident exactement avec les numéros ***chronologiques***.

R. Milési

Achevé d'imprimer sur les presses de

BUSSIÈRE

GROUPE CPI

à Saint-Amand-Montrond (Cher)
en février 2003

FLEUVE NOIR
12, avenue d'Italie
75627 Paris Cedex 13
Tél. : 01-44-16-05-00

— N° d'imp. 30901. —
Dépôt légal : mars 2003.

Imprimé en France